: mairisch verlag

Musa Okwonga

ES GING IMMER NUR UM LIEBE

Roman

Aus dem Englischen von
Marie Isabel Matthews-Schlinzig

mairisch verlag

[mairisch 90]
1. Auflage, 2022

Übersetzung: Marie Isabel Matthews-Schlinzig
Lektorat: Daniel Beskos
Satz: Nefeli Kavouras
Korrektorat: Annegret Schenkel | www.korrektorat-schenkel.de
Umschlaggestaltung: Rough Trade Books
Autorenfoto: Phil Dera
Druck: Pustet, Regensburg
Gedruckt in Deutschland

ISBN der Buch-Ausgabe: 978-3-948722-19-7
ISBN der E-Book-Ausgabe: 978-3-948722-20-3

www.mairisch.de

DIES IST EINE REISE IN DREI TEILEN.

Im ersten Teil besuchst du Berlin;
im zweiten Teil besuchst du Dr. Oppong;
und im dritten Teil besuchst du das Land deiner Herkunft.

TEIL EINS:

*Rechtschaffene Migrant*innen*

TEIL ZWEI:

Schwarze Schwerkraft

TEIL DREI:

Dein Reisepass

TEIL EINS
Rechtschaffene Migrant*innen

Was geschah mit den Winden, die die Sklavenschiffe sandten?
Einige dieser Böen sind stolz, dass sie jene alten Segel füllten.
Du hast gehört, wie sie in der Wahlnacht über Berlin jubelten,
über den Aufgang des Monds und der extremen Rechten;
du hast gehört, wie sie durch die Gänge
des Holocaust-Mahnmals pfiffen,
an steinerne Böden und Wände klatschten,
schnaufend applaudierten.

Was geschah mit den Winden, die die Sklavenschiffe sandten?
Einige dieser Brisen, noch immer schuldbeladen,
bringen nun Flüchtende schnell gen Europa, begierig,
dass ihre Sünde verlischt,
schleudern sie noch mehr dunkle Körper in die Gischt.

Was geschah mit den Winden, die die Sklavenschiffe sandten?
Einige dieser Lüfte sind putzgesund,
sie vergaben sich selbst, aus diesem Grund:
Die herrschende Stimmung riss mich einfach mit,
dagegen konnte ich nichts tun.

Was geschah mit den Winden, die die Sklavenschiffe sandten?
Einige dieser Orkane sind nach wie vor entrüstet,
du hörst sie im Brustkorb von Aktivist*innen,
die in Spandau Faschist*innen gegenüberstehen:

Sie sind das Heulen aller afrikanischen Kinder, Frauen,
Männer, die ertranken.
Diese Winde haben immer Widerstand geleistet,
mit jedem großen, jedem kleinen Atemzug –
ob sie nun Stürme formten, die Sklavenhändler-
schiffe zu versenken,
oder einen kecken Windstoß schickten,
den Herren ihren Hut vom Kopf zu blasen.

Was geschah mit den Winden, die die Sklavenschiffe sandten?
Keiner von ihnen hat sich zur Ruhe gesetzt:
Sie sind zu Millionen nach Deutschland gezogen,
und die Rechtschaffenen triffst du, wenn sie
am Wochenende durch die Hauptstadt flüstern,
durch ein Fenster schlüpfen, ein queeres Paar zu kühlen
nach einem langen Nachmittag der Liebe,
oder durch Grillfeste auf dem Tempelhofer Feld säuseln,
zufrieden, dass es eine Welt noch gibt, die weiß,
wie Freiheit riecht.

Berlin ist nicht Deutschland.

Früher oder später wird Berlin dir einen Schlag in die Magengrube versetzen. Wenn das passiert, versuch bitte, es nicht persönlich zu nehmen – versuch stattdessen, es als einen Stempel in deinem Reisepass anzusehen, als Zeichen deiner Ankunft. Tust du das nicht, kommst du hier nicht weit. Wenn du lange genug hierbleibst, wird dir Berlin einen Kuss auf die Stirn drücken und sich dir von seiner weniger rüden Seite zeigen.

Du wirst nicht wissen, wann der Hieb kommt, oder aus welcher Richtung der Hieb kommt, aber wenn es länger als ein Jahr dauert, bevor er dich trifft, solltest du enorm argwöhnisch werden. Je länger du wartest, umso wahrscheinlicher ist es, dass er verheerend sein wird: Es ist gut möglich, dass er sich, wie ein*e untüchtige*r, aber rachsüchtige*r Steuereintreiber*in, einfach nur darauf vorbereitet, eine epische Schuld einzutreiben.

Berlin ist nicht Deutschland, werden die Leute zu dir sagen. Was sie freilich meinen, ist, dass Berlin nicht wie das übrige Deutschland ist. Aber Berlin ist zutiefst deutsch. Wenn jede Stadt dieses Landes Mitglied derselben Familie ist, dann ist Berlin lediglich das spitzbübische Geschwister, das von zu Hause weggelaufen ist. Während es München und Frankfurt jeweils geschafft haben, eine Hypothek zu bekommen, hat Berlin eine*n ältere*n Partner*in aufgerissen und ein paar Barjobs angenommen.

Berlin ist keine Stadt für Erwachsene. Sie werden das sagen und denken, dass es stimmt, aber sie irren sich. Berlin ist oft schrecklich erwachsen. Unschuld verweilt hier nicht. Um hier zu überleben, musst du wenigstens halb Wolf sein. Was sie meinen, ist: Berlin ist so unberechenbar wie ein wütender Jugendlicher. Andere Städte können es mit seinen emotionalen Extremzuständen nicht aufnehmen. Um in Berlin zu leben, musst du wirklich etwas Elternhaftes haben – du musst die Stadt aushalten, während sie durch ihre diversen Stimmungsschwankungen rauscht.

Ah, Stimmungsschwankungen. Obwohl Berlin ein Ort extremer Jahreszeiten ist, beschränken sich die unterschiedlichen Umschwünge der Stadt nicht auf das Wetter. Ihre Einwohner schockieren dich durch ihr rüdes wie ihr liebenswürdiges Tun, oft an ein und demselben Tag. Aus diesem Grund wirst du vielleicht süchtig nach Berlin. Falls ja, dann liegt das daran, dass es sowohl zu viel als auch nicht annähernd genug ist. Du kannst dich in dieser Stadt vollkommen sättigen und dich dennoch nach mehr sehnen.

Die Leute werden oft fragen, was dich nach Berlin verschlagen hat – und sie werden für diese Frage oft genau diese Worte wählen, als ob du hierhergerufen worden wärst. Vielleicht wurdest du das, in gewissem Sinne. In Berlin zu leben ist, wenn auch keine Berufung, so doch bezwingend. Man muss zu einer besonderen Art Mensch gehören, um hierherzukommen, und zu einer wieder ganz anderen

Sorte, um hierzubleiben. Schon bald wird diese Stadt dich wissen lassen, zu welchem Schlag du zählst.

***

Was hat dich nach Berlin verschlagen?

Alle fragen dich das. Du reagierst lässig – du seist hierhergekommen, um vier Dinge zu tun: tagsüber zu schreiben, abends deine Freund*innen zu treffen, dich zu verlieben und verliebt zu bleiben.

Aber das ist nicht der eigentliche Grund. Du bist hierhergekommen, um zu verschwinden. Während der ersten paar Monate in Berlin bist du weitgehend unsichtbar oder wenigstens so unsichtbar, wie es ein Schwarzer Mann mit dunkler Haut in einer überwiegend weißen Stadt sein kann. Die Farben deiner Kleidung imitieren jene der Stadt: Beton, Asphalt, Gips. Du möchtest so bemerkenswert wirken wie das Kopfsteinpflaster.

Der Beginn deines Lebens hier ist verdächtig reibungslos ausgefallen. Vielleicht ahnt Berlin, dass es dich zunächst schonen sollte, dass du noch nicht kampfbereit bist. Wie durch ein Wunder mietest du die allererste Wohnung, die du besichtigst. Sie liegt im ersten Stock, in einer ruhigen Straße im zentrumsnahen Osten der Stadt; warme Holzböden und Buttermilchwände und all so was – dein eigenes Stückchen Honigwabe. Deine Vermieterin, eine freundliche, zurückhaltende Strickdesignerin, weiß, wie schwierig es für Afrikaner*innen ist, hier eine Mietwohnung zu finden. Sie erzählt dir die Geschichte von ihren drei marokkanischen Freund*innen, alle in gut bezahlten Jobs, die einen Monat lang in Berlin zu Besuch waren und in dieser Zeit kaum die Gelegenheit erhielten, eine Wohnung zu besichtigen. Ich glaube, sagt sie lächelnd, dass meine Wohnung bei Ihnen gut aufgehoben sein wird.

Du fühlst dich hier sicher. Es ist nicht weit vom Stadtzentrum entfernt, und doch haben nur wenige, die außerhalb deines Kiezes wohnen, vom dir nächstgelegenen Bahnhof gehört. Du bist erst seit ein paar Monaten hier, und zu deiner Freude beginnst du bereits zu verschwinden.

***

Berlin läuft immer noch zu gut.

Es ist Winter. Der Himmel ist verschlossen, verriegelt bis zum Frühling. Der Wind ist ein echter Berliner; wann immer er dich auf der Straße trifft, stürmt er grob an dir vorbei, überzeugt davon, dass sein Ziel wichtiger sei als deines. Er peitscht durch die Stadt, feindselig wie eine gespannte Pistole, drängelt sich durch Türen, die Kälte unter den Arm geklemmt.

Trotz der strengen Herzlichkeit des Wetters läuft Berlin immer noch zu gut. Du hast mehrere neue Freund*innen gefunden. Du triffst dich mit einer Frau, die du über die Literaturszene kennengelernt hast, und durch sie empfindest du ein Glück – ein Gefühl von Ruhe, Geborgenheit –, das du dir nicht einmal vorzustellen gewagt hattest. Sie glaubt an dich als Autor. Sie ist wundervoll. Man sagt dir ständig, dass du an Beziehungsdinge häufig zu kompliziert herangehen würdest, aber das hier fühlt sich leicht an, also erlaubst du dir, es zu genießen. Du weißt nicht genau, wie sich die Sache so gut entwickeln konnte – mit einer Person zusammen zu sein, die so lieb ist, so bedacht auf die Welt um sie herum, so zielsicher, was ihre Arbeit betrifft. Von Liebe umfangen schwebst du vorwärts.

***

Ein nie enden wollendes Silbengestöber.

Seit du in Deutschland angekommen bist, haben viele Lebensmittel dein Interesse geweckt, aber das faszinierendste von allen ist sicher das Schnitzel. Das Schnitzel beeindruckt dich, denn es ist weniger eine Mahlzeit als ein gehöriger Angriff auf die Idee von Hunger an sich. Die dünnliche, von Semmelbröseln ummantelte Scheibe Fleisch ist ein riesiges Ding und füllt typischerweise zwei Drittel deines Tellers. Das größte, das du gesehen hast, war unwesentlich kleiner als eine Gehwegplatte.

Das Schnitzel ist österreichisch, aber die Deutschen haben es sich mit dem gleichen Nachdruck angeeignet, mit dem die Engländer ihr Curry lieb gewonnen haben. Es zählt zu den etlichen Immigranten an den Esstischen Ostberlins – die jüngsten Neuankömmlinge sind italienisch, libanesisch, syrisch, kolumbianisch, portugiesisch und sudanesisch –, setzt sich allerdings in einem entscheidenden Punkt von ihnen ab: Man verzehrt es gewöhnlich ohne Soße. Das ist etwas, was du nicht verstehst – dieses Gericht ist kekstrocken, aber viele Deutsche essen es und befeuchten es mit nichts weiter als einem Spritzer Zitronensaft.

Die erschreckende Trockenheit des Schnitzels entspricht der offenbar robusten Einstellung der Deutschen gegenüber Unannehmlichkeiten. Als du zum ersten Mal in dieser Stadt einen Kater hast, gehst du Sonntagfrüh auf die Suche nach Schmerztabletten, nur um festzustellen, dass alle Apotheken in deiner Gegend bis morgen geschlossen haben. Es fühlt sich wie eine Strafe an dafür, dass du dich besoffen hast. Als du das nächste Mal einen Kater hast, hast du natürlich längst in Schmerzmittel investiert – aber dann stellst du fest, dass sie nicht so stark sind wie die, die es in Großbritannien zu kaufen gab, und du trotzdem erhebliche Schmerzen zurückbehältst, so als wolle man dich für deine Trunkenheit noch ein wenig leiden lassen.

Die deutsche Bürokratie lässt dich auch für sich schuften. Du hast gelernt, jede neue Verwaltungslawine als weitere Station in einem Hindernislauf zu betrachten, an dessen Ende du die Integration in die deutsche Gesellschaft erreichen wirst. Die Sprache erscheint manchmal wie ein nie enden wollendes Silbengestöber, sogar für die, die sie in der Schule gelernt haben. Aber langsam, behutsam bahnst du dir deinen Weg, kümmerst dich um die *Künstlersozialkasse*, erlangst deine *Anmeldungsbestätigung*.

Jeden Monat bestehst du einen neuen Test; jeden Monat schwindet der Ort, von dem du geflüchtet bist, aus dem Blickfeld.

***

Ein Bad aus Sternen.

Es gibt *eine* Zeit und *ein* Datum, vor dem du dich so ziemlich dein ganzes erwachsenes Leben lang gefürchtet hast. Wenn dieser Moment vorüber ist, wirst du genau eine Sekunde älter sein, als dein Vater war, als er starb, und du wirst absolut keine Ahnung haben, was du als Nächstes tun sollst.

Als dein Vater starb, waren es nur noch achtzehn Tage bis zu seinem einundvierzigsten Geburtstag. Er saß in einem Helikopter, der kurz nach dem Start von Boden-Luft-Raketen vom Himmel geholt wurde, und einen Großteil deines Lebens lang hast du die Last seines Todes getragen. Er flüchtete vor dem Krieg, kehrte aber einige Jahre später in sein Land zurück, um für dessen Zukunft zu kämpfen. Er hatte eine junge Familie und setzte also wirklich alles aufs Spiel. Er verlor, und dich hat dieser Verlust seitdem verfolgt. Die längste Zeit bist du mit der tief sitzenden Angst herumgelaufen, dass du aus irgendeinem Grund mit vierzig Jahren tot umfallen würdest. Du wirst nie einen Helikopter besteigen.

Du hast noch nicht entschieden, wie du diesen Tag verbringen willst, wenn du deinen Vater schließlich überlebst.

Vielleicht, überlegst du, wirst du nach Kreta fliegen; was hieße, dem Kontinent deiner Herkunft so nahe zu kommen wie möglich, ohne tatsächlich dorthin zu reisen. Den Fuß auf afrikanische Erde zu setzen wäre zu traumatisch. Dort, um diesen Meilenstein zu begehen, hattest du vor, in einem Restaurant am Meer essen zu gehen und zur gegebenen Stunde dein Glas in Richtung des Horizonts zu erheben. Du hast es geschafft, würdest du denken.

In Wahrheit weißt du nicht, was du denken würdest. Du weißt nicht, was dein Vater zu dem Leben sagen würde, das du dir aufgebaut hast – ob er stolz wäre. Obwohl er tot ist, seit du vier warst, ist seine Meinung immer noch wichtig. Es ist kein Jahr vergangen, in dem das nicht so gewesen wäre.

Obwohl du fast schon so alt bist wie dein Vater, gibt es so vieles, das du für dich noch nicht raushast. In mancher Hinsicht war er dir so weit voraus – zum Zeitpunkt seines Todes hatte er vier Kinder, und du hast gar keins. Man sagt, jeder solle sein eigenes Leben leben, aber es ist schon schwer genug, einfach nur den Mustern der eigenen Eltern zu entkommen. Du kannst Vergleichen nicht ausweichen – wenn du müde bist, stützt du selbst den Kopf in die gleiche Hand wie er früher. Deine Mutter fragt dich, warum du das tust. Es gibt so vieles, worüber man sich Sorgen machen muss, sagst du ihr, dass sich dein Kopf schwer anfühlt. Sie zögert und antwortet dann: Das ist genau das, was dein Vater gesagt hat.

Du hast dich oft gefragt, was er wohl von dem Leben halten würde, das du dir ausgesucht hast, ob er stolz wäre auf die Richtung, die du eingeschlagen hast. Du bist dir nicht ganz sicher, aber du fürchtest, dass er – einer der ersten Schwarzen Fachärzte für Chirurgie in Großbritannien, ein bedeutender Mann in seiner Community – eher unbeeindruckt wäre. Denn: Was bist du? Was hast du erreicht? Du bist ein Schriftsteller, dessen Schaffen weit unter seinem Potenzial bleibt.

Ein Restaurant in Kreta hast du dir bereits ausgesucht – und ein bestimmtes Gericht. Es ist eine gemischte Platte mit Fisch und Fleisch, die du bei deinem letzten Besuch auf der Insel hattest. Du wirst auch den gleichen Wein verlangen, den du beim letzten Mal hattest, einen dickflüssigen, fruchtigen Roten, den du um zwei Uhr morgens allein an einem Tisch getrunken hast, als eine Gruppe Einheimischer vorbeitanzte. Was wirst du tun, wenn du deinen Vater überlebt hast? Du weißt es nicht – du kannst es nicht wissen. Deshalb wirst du viel essen. Du hoffst, dass du betrunken genug und satt genug sein wirst, sodass du nicht unmittelbar darüber nachzudenken brauchst; dass du es zurück in dein Hotelzimmer schaffen wirst, bevor du das Bewusstsein verlierst. Oder noch besser: Du wirst es hinunter zum oberen Rand des Strandes schaffen, wo es dann schon spät sein wird, und du wirst dort mit unter dem Kinn angezogenen Knien sitzen und versuchen, den Punkt zu erspähen, an dem der Horizont auf die Nacht trifft. Du weißt noch vom letzten Mal, als du hier warst, dass du dazu außerstande sein wirst. Stattdessen wirst du beobachten, wie das langsam dahintreibende Meer den Himmel über sich vollkommen widerspiegelt und die gesamte Aussicht sich in ein Bad aus Sternen verwandelt.

***

Mit Einhörnern durch den Schnee rennen.

Eines Winterabends gehst du mit deinen Freunden zum Fußballtraining, mit deinem lokalen Team, dessen Spitzname *Die Einhörner* ist. Es sind nur etwa ein Dutzend von euch da; die anderen dreizehn eurer Truppe konnten nicht kommen, haben sich aus Gründen unterschiedlicher Güte entschuldigt. Einige konnten noch nicht Feierabend machen, andere haben familiäre oder partnerschaftliche Verpflichtungen, und wieder andere – vermutest du – haben sich von der Kälte abhalten lassen. Du hast heute Morgen gesehen, wie kalt es ist – der Frost hatte deine Küchenfenster berührt und Abdrücke hinterlassen –, und du dachtest dir genau in dem Moment: Ja, heute Abend spiele ich auf jeden Fall.

Man hat dich vor dem Winter gewarnt, lange bevor du nach Berlin gekommen bist. Eine italienische Freundin erzählte, wie sie eines Sommers dort eintraf und es gerade mal sechs Monate aushielt, da die Sonne im Spätdezember außer Landes floh und erst zurückkehrte, als die letzten paar Frühlingstage davongestolpert waren. Unterhalten sich einige deiner Freund*innen über den Winter, so tun sie das in still-respektvollem, fast ängstlichem Ton, als ob er ein sagenumwobenes Ungetüm wäre, das versuchen könnte, ihr Gespräch zu belauschen. Bist du bereit für den Berliner Winter?, fragen sie dich. Dein Stolz reicht gerade dafür aus, deine Furcht zu verbergen, da du antwortest: Falsche Frage. Ist der Berliner Winter bereit für mich? Und prompt gehst du los, um genug Thermounterwäsche für eine ganze Woche zu kaufen.

Es wird oft behauptet, afrikanische Fußballer*innen kämen mit kalten Temperaturen nicht klar – und obwohl du streng genommen Brite bist, hast du das Bedürfnis, heute Abend Uganda zu repräsentieren. Deine Eltern stammen aus der nördlichen Region des Landes, und dein Großvater trainierte deren Fußballmannschaft; irgendwie bezeugst du dem – Tausende von Kilometern von dem Ort entfernt, an dem er seine Spieler zum ersten Mal einwies – eine altehrwürdige Huldigung. Du ziehst dein ramponiertes Nationalmannschafts-Trikot an, ein schwarzes, kurzärmeliges Hemd mit Zierstreifen in Rot und Gelb und dem Heller-Kronenkranich-Abzeichen, und du machst dich auf den Weg. Die paar von euch, die es zum Training schaffen, sind auffallend stolz auf sich selbst, und der Schnee ist anständig genug zu warten, bis ihr über das Spielfeld geströmt seid. Innerhalb von fünfzehn Minuten nach dem letzten Schuss ist der Kunstrasen komplett weiß. Du glaubst nicht, dass deine Freunde wissen, was dieses Lachen, diese Kameradschaft dir bedeutet, und du kannst es ihnen nicht erklären – nicht, weil es irgendwie peinlich wäre, sondern weil es diesen herrlichen Moment unterbrechen würde.

Ein paar Tage später unterhältst du dich mit Freund*innen, und eine*r von ihnen erwähnt, dass sie*er es schwierig gefunden habe, in Berlin nette Leute zu treffen. Dabei musst du an eine Geschichte über deine Fußballmannschaft denken, und daran, was sie eines Nachmittags machte. Eins deiner Mannschaftsmitglieder schickte eine Textnachricht an alle in der Gruppe, dass er Beziehungsprobleme habe, und einer der anderen bat ihn, sich mit ihm in einer Stunde in einer bestimmten Kneipe zu treffen. Eine Stunde später wurde der Freund in Not von drei seiner Teamkollegen getröstet und aufgemuntert. Du hast diese Art der Unterstützung schon bei vielen Freundinnengruppen erlebt, aber nicht bei Freundesgruppen; was bei Männern bemerkenswert ist, ist bei Frauen Routine. Du fragst dich, ob Berlin das möglich gemacht hat, eine Stadt, die vor so krasse Herausforderungen stellt, dass sie die Menschen dazu zwingt, ungewöhnlich starke Bindungen zu entwickeln. Daran könnte es liegen, aber du musst dem Trainer und Kapitän deiner Mannschaft ein größeres Verdienst zuerkennen. Er hat wirklich verstanden, dass es bei einer Fußballmannschaft um so viel mehr geht als das, was auf dem Spielfeld passiert, dass all das am meisten zählt, was vor dem Anpfiff passiert.

***

Bis du das, was mit dir nicht stimmt, aus der Welt geschafft hast.

Deine Partnerin vernichtet dich – nur so kann sie sicherstellen, dass du sie nicht wieder zurückhaben willst. Sie kehrt von einem Aufenthalt außerhalb der Stadt zurück und fragt dich beiläufig, ob du Zeit hättest, essen zu gehen. Du kannst es kaum erwarten, sie zu sehen, ihr verabredet ein Treffen in deinem Lieblingsrestaurant, du triffst ein und bestellst dein Essen, und dann bist du innerhalb von fünfzehn Minuten in Tränen aufgelöst.

Sobald du dich hingesetzt hast, geht sie auf dich los. Sie erzählt dir, dass ihre besten Freund*innen dich nicht mögen, dass ihre Mitbewohnerin dich nicht mag, dass ihre Geschwister dich nicht mögen. Entsetzt fragst du, ob das heißt, dass sie dich nicht mag. Sie zuckt mit den Schultern. Du fragst, ob das heißt, dass sie sich von dir trennen will. Sie sagt, wenn es das ist, was du willst. Sie selbst kann es nicht aussprechen. Dann geht sie. Deine Pizza kommt, und die Bedienung ist so liebenswürdig, keinen Blickkontakt herzustellen. Du isst keinen einzigen Bissen und kannst dich die nächsten achtzehn Monate lang nicht dazu bringen, dieses Restaurant wieder zu betreten.

Du schreibst ihr und fragst sie, warum sie so lieblos gewesen sei, dass du bis zu dieser Woche gedacht hättest, sie wäre einer der liebsten Menschen, die dir je begegnet sind. Sie entschuldigt sich daraufhin, sie dankt dir dafür, dass du sie stützt; es habe sie wütend gemacht, in einer Beziehung zu sein, und sie habe das Gefühl, in der Falle zu sitzen, an dir ausgelassen. Aber du hättest mir davon erzählen können, sagst du, du hättest einfach sagen können, dass du mich nicht mehr sehen willst. Du musstest das nicht tun. Meine Tür steht dir immer offen, sagt sie. Ich werde immer deine

Freundin sein. Aber du respektierst mich nicht, sagst du. Wir haben uns nie gestritten, und plötzlich benimmst du dich, als ob du mich hassen würdest. Ich hasse dich nicht, sagt sie.

Wochenlang seht ihr einander nicht, und dann lauft ihr euch zufällig bei einer Kunstveranstaltung über den Weg. Es gibt einen Moment, in dem ihr Blickkontakt herstellt, und ihr lächelt beide, und dann begreift ihr beide, was zwischen euch vorgefallen ist. Es ist das letzte Mal, dass ihr euch seht. Wie läuft es mit deiner Partnerin, fragt eine Freundin ein paar Tage später. Du sagst ihr, sie habe sich von dir getrennt, aber diese Formulierung scheint der Sache nicht gerecht zu werden.

Du hast deine frühere Partnerin geliebt, was bedeutet, dass du in ihre Meinung von dir Vertrauen gewonnen hast, und daher glaubst du jetzt ihrer Einschätzung, dass du ein furchtbarer Mensch seist. Ausgehend von diesem Urteil hast du Angst, dich selbst jemand anderem anzutun. Du wirst so lange Single bleiben, bis du das, was mit dir nicht stimmt, aus der Welt geschafft hast.

***

Wie man in Berlin Kuchen isst.

Der beste Zeitpunkt, um in Berlin Kuchen zu essen, ist an einem Nachmittag unter der Woche, sagen wir donnerstags, vierzehn Uhr. Viel früher geht es nicht, denn da hast du es dir noch nicht verdient. Du musst das Timing genau richtig hinkriegen: Wenn du um fünfzehn Uhr im Café bist, dann gerätst du, wenn du fertig bist, in einen Schwarm wütender Pendler*innen, die auf dem Weg nach Hause sind. Der beste Ort, um Kuchen zu essen – nun ja, das kommt darauf an. Es kommt darauf an, was du dir erhoffst. Wenn du irgendwo hingehen willst, wo du bewusstlos werden kannst, nachdem sich der Zuckerschub eingestellt hat, dann ist da dieses lauschige Plätzchen in deinem Kiez, das, in dem das Ambiente fast übernatürlich gemütlich ist – wo du, sogar, als es eines Abends voll und betriebsam war, trotzdem eine Kurzgeschichte schreiben konntest, ohne abgelenkt zu werden. Dies ist dasselbe Café, das einen Hund hat, der fünfundneunzig Prozent seiner Zeit in einer Art Winterschlaf zu verbringen scheint, hingeplumpst auf einem Regal gleich hinter der Bar, und der nur aufwacht, wenn ein anderer Hund sein Reich betritt. Dann steht er vor Rage fast auf den Hinterbeinen und hört nicht auf zu toben, bis sich die Tür hinter dem verdutzten und sich rasch zurückziehenden Eindringling schließt. Dies ist auch das Café, in dem dich ein kleines Kind auf Spanisch vollbrabbelt und versucht, dich zu beeindrucken, indem es nacheinander eine Reihe von Gegenständen in der Nähe hochhält und darauf wartet, dass du jedes Mal anerkennend nickst, bevor es den Nächsten präsentiert – einen Salzstreuer, eine Menükarte, eine Zuckerdose. Du bist stets beeindruckt. Dieser Ort ist so friedlich wie das Zimmer deiner ersten Freundin an der Universität, und wenn du hier einschläfst, stupst dich niemand an, um dich zu wecken.

Wenn du Kuchen essen willst an einem Ort, an dem du träumen kannst, dann schlenderst du durch die Straßen zu einem Café, das auch deftige Eintöpfe serviert und Tassen mit heißer Schokolade, die so sämig ist, dass ein Löffel fast aufrecht darin stehen bleibt. In diesem Café wirst du viele Nachmittagsstunden damit verbringen, aus dem Fenster zu starren und dabei neue Abenteuer zu planen. Genau an diesem Platz hier hast du gesessen, als du zum letzten Mal von einem teuren Freund gehört hast, da er dir von seinem Sterbebett aus eine Textnachricht schickte, um dich daran zu erinnern, dass du an ebendiesem Tag exakt das machtest, was du mit deinem Leben anfangen solltest: dich nicht ums Geldverdienen sorgen oder darum, was alle anderen in ihren Karrieren erreichten – sondern einfach nur sein. Wenn du dich an ihn erinnern willst, dann gehst du dorthin und isst etwas.

Wenn du Kuchen essen willst an einem Ort, der dich daran erinnert, dass Liebe möglich ist, geh in jenes Café am anderen Ende der Stadt, wo sie jedes Stück Apfelkuchen in Schlagsahne ertränken, dasjenige, dessen Hinterzimmer mit Sofas im Siebzigerjahre-Stil vollgestellt und mit einer kleinen Kabarettbühne gesegnet ist. In diesem Café kam beim Kuchenessen die Liebe zweimal ganz nah. Oder nimm, um ähnlich zu empfinden, von deiner Wohnung aus für fünfzehn Minuten die Straßenbahn dahin, wo du einen Sonntagnachmittag damit verbracht hast, bei einem ersten Date gemeinsam mit jemandem, der dich verstand, Sachertorte zu essen.

Wenn du Kuchen nur um seiner selbst willen essen willst, was selbstverständlich Grund genug ist, dann lauf drei Haltestellen die Bahnstrecke runter für eine Portion Marzipan-Mohn, dessen dicke, gesprenkelte Biskuitschichten zergehen, sobald sie deine Zunge berühren. Willst du Kuchen, der deine Treue belohnt, dann geh zum Cupcake-Laden in der Nähe, wo du jede Woche einen gratis bekommst, weil du so oft dort bist, und wo du gerade dabei warst, den Mut zusammenzunehmen, dich mit der Frau zu verabreden, die du dort jahrelang bei der Arbeit gesehen hast, und dann gab sie ihren Job auf.

Um in Berlin korrekt Kuchen zu essen, verrate nie, wo du isst. Wenn es sein muss, dann bewache die Orte, die du besonders magst, so eifersüchtig wie ein verunsicherter Geliebter. Wenn du ein wenig großzügiger sein willst, dann hinterlasse Hinweise darauf, wo du essen warst, vielleicht das eine oder andere Foto in den sozialen Medien, sodass die eifrigsten Detektiv*innen unter deinen Freund*innen daraus schlau werden können. So lächerlich es scheint, nicht nur für dich, sondern schlussendlich auch für deinen Zahnarzt, Kuchen ist für dich zu einem Zufluchtsort geworden. Er ist dein Ritual. Jedes Jahr, nachdem du deine Steuererklärung gemacht hast, nimmst du die U-Bahn in Richtung Mitte und begehst diesen Anlass mit einem Dessert, das nicht mehr als vier Euro kostet – eine maßvolle Art, weitere zwölf Monate als Freiberufler zu feiern. Kuchen ist eine immer wiederkehrende Konstante in deiner Karriere als Künstler, jeder Bissen ist ein Meilenstein. Diese Stadt bietet ja viele Fluchtmöglichkeiten, viele Laster – deins ist Zuckerguss.

Wie man mit Liebeskummer umgeht.

Du bist mittlerweile ein Experte im Umgang mit Liebeskummer – du könntest sogar einen illustrierten Leitfaden veröffentlichen, wie jene, die sie kurz vor dem Abfliegen austeilen. »Falls Ihre Beziehung eine Bruchlandung machen sollte, verstauen Sie sorgfältig Ihre Gefühle dort drüben. Bereiten Sie sich auf den Aufprall vor.« Der Trick beim Liebeskummer besteht darin, schneller zu sein als er. Leid ist langsam. Wenn du schnell genug vom Schauplatz wegeilst, kann es sein, dass die Traurigkeit einige Wochen, unter Umständen sogar Monate braucht, um dich einzuholen.

Du tust, was du immer tust. Die ersten zehn Tage nach der Trennung achtest du darauf, dass du jede Nacht unterwegs bist. Nicht um mit Alkohol oder irgendeiner anderen Droge außer Rand und Band zu geraten, sondern um unter schummrigen Lichtern und Schleiern von basslastigen Klängen ein Versteck zu suchen. Das wird schon wieder, wie immer.

***

Das Leben tanzt stets vorwärts.

Du bist dankbar, dass du so nah an einer Hauptstraße lebst. Für eine Stadt mit so zahlreichen langen, breiten Prachtstraßen hat Berlin überraschend viel von einem Labyrinth; biegst du eines Abends nur ein paar Mal von einer belebten Straße ab, findest du dich in Dunkelheit und

Abgeschiedenheit wieder. Eines Sommers wurde dir ein Mietvertrag für ein Apartment angeboten, aber sobald du gesehen hast, wo es war, hast du abgelehnt. Es war vier Querstraßen vom nächsten Bahnhof entfernt, der wiederum einen halben Kilometer von der nächstgelegenen Geschäftsstraße entfernt war. Du hast dir vorgestellt, wie du an einem Winterabend zurück zu dieser Wohnung gehen würdest, und das Angebot sofort höflich abgelehnt, obwohl dir damit langfristig eine Unterkunft hier sicher gewesen wäre. Du wusstest: Hättest du dort gewohnt, hätte Berlin dich verschlungen.

Wenn du einsam bist, wachsen die Städte um dich herum. Es ist, als ob jede Erschütterung deines Leids sie sich ein wenig ausdehnen lässt, wobei sich jede Straße, die du hinunterschaust, in beide Richtungen verlängert. Du musst in Sicht-, wenn nicht sogar Hörweite von hektischem Verkehr sein; du musst jene Blutkörperchen sehen, wie sie durch den Tag sausen, um dich daran zu erinnern: Das Leben tanzt stets vorwärts.

***

Heute versetzt dir Berlin einen Schlag in die Magengrube.

Heute versetzt dir Berlin einen Schlag in die Magengrube.

Es ist ein Uhr nachts, und du bist nach einem Treffen zu Fuß unterwegs zu deiner Wohnung. Du hast gerade den Bahnhof verlassen und die Brücke halb überquert, als dir zwei weiße Frauen entgegenkommen – die links sieht aus wie neunzehn oder zwanzig, die rechts fast doppelt so alt. Als sie sich dir nähern, schubst das jüngere Mädchen seine Freundin zum Spaß dir direkt in den Weg, sodass du mit ihr zusammenprallst, ein wenig dein Gleichgewicht verlierst und fast gegen das Geländer knallst. Du drehst dich um, schaust die Jüngere an, und sie grinst höhnisch, und du weißt Bescheid.

What's your problem?, fragst du, sie aber lacht und geht weiter. Ihre Freundin, die sozial sehr viel unbeholfener scheint, schließt sich ihr an. Etwas in dir rastet aus, und du denkst, das lässt du dir nicht gefallen, also gehst du hin zu ihnen und fragst noch einmal. *What's your problem?*

Kannst du Deutsch? Kannst du Deutsch?, sagt sie spöttisch. Ja, sagst du. Und ich weiß, dass du Englisch sprichst. Also was ist dein Problem?

Ich hab kein Problem, sagt sie. Ich spreche Deutsch. Das ist Deutschland, ich bin von hier.

Da ist es.

Was ist dein Problem mit Schwarzen Menschen?, fragst du sie. Bist du Rassistin?

Ja, bin ich. Na und?, sagt sie. Ist mir doch egal. Es gibt alle möglichen Arten von Rassisten. Weiße Rassisten, türkische Rassisten. Na und?

Ihre Freundin steht zwischen euch beiden und feixt irgendwas darüber, dass du dunkelhäutig seist. Du fährst fort, hitzig zu diskutieren, während du wieder auf den Bahnhof zuläufst, in die Richtung, aus der du gekommen bist. Du weißt nicht genau, was du erreichen willst, wahrscheinlich ein gewisses Maß an Würde zu behalten, und dann denkst du, du solltest das in irgendeiner Weise aufzeichnen. Sie sind einfach so dreist und unverschämt; und wenn du eine solche Geschichte erzählst – ohne Beweismaterial –, dann wird dir vielleicht niemand glauben. Du holst dein Handy hervor, um ein Foto von den beiden zu machen, aber die Ältere hat – das musst du ihr lassen – überlegene Reflexe und reißt es dir aus der Hand. Da du ahnst, sie könnte damit weglaufen – ihre Bahn ist kurz davor, abzufahren –, ergreifst du ihren anderen Arm, und in ebendiesem Moment kommt ein weißes deutsches Pärchen mittleren Alters zu euch herüber. Seien Sie ruhig, sagt der Mann, seien Sie ruhig, und da wird dir klar, dass du nicht ruhig bist. Diese Frau hat sich mir gegenüber rassistisch verhalten, sagst du, und ich wollte es festhalten, und sie hat mir mein Handy entwendet.

Nach deutschem Recht darf man jemanden nur mit dessen Zustimmung fotografieren, sagt der Mann. Das ist wahrscheinlich in Großbritannien genauso, sagst du, jetzt ruhiger, aber ich wollte es aufzeichnen.

Ein anderer Mann tritt hinzu – Schwarz, Anfang dreißig, Siebzigerjahre-Mantel mit breitem Revers.

Ich bin Polizist, sagt er. Ich habe den ganzen Vorgang beobachtet, direkt von der Bahnhofstreppe aus. Sie, sagt er zu der älteren Frau, geben Sie ihm das Handy zurück. Er wird das Foto löschen.

Ich habe keines gemacht, sagst du. Ich konnte nicht.

Sie gibt dir dein Handy zurück und steigt mit ihrer höhnisch grinsenden Freundin in die Bahn.

Wir können dieses Rassismusproblem nicht lösen, indem wir solche individuellen Fälle betrachten, sagt der weiße Mann mittleren Alters.

Es tut mir leid, sagt seine Frau. Wir sind hier nicht alle so. Sie steigen in die Bahn.

Du stehst neben dem Polizisten. Du zitterst vor Wut – und wenn du ehrlich bist, vor Traurigkeit.

Es ist okay, Bruder, sagt er. Du traust dir nicht zu, etwas zu sagen.

Ich bin aus dem Kongo, sagt er. Du kannst mir glauben, ich weiß Bescheid. Ich bin aus einer kleinen Stadt in Deutschland, die Dinge, die man mir als Kind auf der Straße nachgerufen hat ... Du kannst mir glauben. Aber es wird besser hier.

Ich bin in London aufgewachsen, sagst du. London ist in Ordnung, aber Großbritannien verändert sich. Ich bin hierhergekommen, um von solchen Dingen wegzukommen. Herrgott, klingst du heiser.

Ich bin in London gewesen, sagt er. Deutschland ist schlimmer. Aber es wird besser.

Sie denken, wir sind Tiere, sagst du.
Mein Gott, wie müde deine Stimme klingt.

Vergiss das, bitte, sagt er. Mach dir keine Sorgen deshalb.
Es tut mir leid, sagst du. Es tut mir leid. Es war eine harte Woche.

Ihr Horizont ist begrenzt, sie sind ungebildet, sagt er. Wir sind stärker als sie, mein Bruder. Vergiss nicht, wie stark du bist.

Danke, sagst du. Danke. Ihr schüttelt einander sehr fest die Hände, und dann gehst du nach Hause.

***

Intimität ist das Einzige, worum du betest.

Seit du wieder Single geworden bist, hat sich deine Erfahrung mit dem Onlinedating in Berlin als spektakuläre Demutsübung gestaltet. Noch nie hat sich die Liebe so weit weg angefühlt wie hier. Das könnte zum Teil dein Fehler sein. Vor einigen Monaten erzählte dir eine Frau, mit der du einmal ein Date hattest und die jetzt eine Freundin ist, sie habe bei eurem ersten Treffen gespürt, dass du, obwohl du Single warst, vergeben zu sein schienst. Ja – vielleicht war das dein Fehler. Du hast schon so lange erfolgreich so viele Herausforderungen im Leben allein durchgestanden, dass es sich nicht mehr so anfühlt, als bräuchtest du jemand anderen, und vielleicht vermittelt sich das anderen genauso. Das Alleinsein scheint dir derzeit sehr gut zu passen.

Aber zurück zur Demut. Es gab eine Zeit, als du dachtest, du müsstest einfach nur liebenswürdig und respektabel sein und weiterhin interessante Aufgaben übernehmen, und du würdest schon jemandem begegnen, der zu dir passt. Aber das ist Jahre her. Mittlerweile weißt du, dass das nicht reicht. Das Single-Dasein fühlt sich zunehmend wie eine Art Bestrafung an. Du fragst dich, was mit deinem Herzen nicht stimmt, warum es unfähig scheint, zu anderen Verbindungen herzustellen.

Für dich kommt dein Verlangen nach Liebe einer Religion am nächsten. Intimität ist das Einzige, worum du betest, auch wenn du sie meidest. Freund*innen sagen dir, es gibt mehrere Personen, die dich mögen. Aber wir passen nicht zueinander, antwortest du. Woher weißt du das, fragen sie. Und du sagst ihnen: Weil du es versucht hast. Aus Verzweiflung, aus der beschämenden Qual des Alleinseins heraus, hast du versucht, mit Leuten auszugehen, zu denen du dich nicht hingezogen fühltest, aber die nett waren, in der Hoffnung, dass die Liebe sich entwickeln würde, und es hat nicht funktioniert. Stattdessen bliebst du jedes Mal um eine*n Freund*in ärmer zurück und einsamer als zuvor.

Du ziehst dich wieder in dich selbst zurück. Dein Schlafzimmer ist ein freundlicher, friedlicher Ort – in einer Wohnung an einer ruhigen Straße, mit hohen weißen Wänden, einem warmen Holzfußboden. Als du zum ersten Mal hier gelegen hast, wirkte es auf dich wie ein besonders nachsichtiger Rückzugsort. Das Zimmer hat bisher nur wenige Besucher*innen gehabt. Deine Freund*innen witzeln schon seit Langem, dass nur diejenigen, mit denen du ausgehst, es je zu sehen bekommen, aber selbst die meisten von denen kommen nie so nah heran.

***

Du wünschtest, deine Haut wäre ein Visum.

Du wünschtest, deine Haut wäre ein Visum, denn es gibt etliche Orte, an die sie nicht reisen kann. Sie kann nicht in gewisse europäische Städte fahren, denn tut sie es, gehen womöglich einheimische Jugendliche auf sie los, die sich provoziert fühlen vom selbstbewussten Gang deiner Haut durch *ihre* Straßen. Sie kann gewissen Vorstandsetagen keinen Besuch abstatten, gewissen Herzen. Was für eine Zeit, um einen Migranten-Körper zu haben. Was für eine Zeit, um in diesem furchterregenden Vehikel zu leben, dieser dunklen Masse.

Was für eine Zeit, um in einem Migranten-Körper zu stecken. Als ihr in Hamburg zu mehreren in einem bestimmten Zugwaggon sitzt, eine Gruppe von Männern mit dunkler Haut und afrikanischer Herkunft, beginnst du zu denken:

Sind hier zu viele von uns, als dass *sie* sich wohlfühlen würden? Ihr seid zu fünft und sitzt in benachbarten Platznischen. Fünf! Die anderen Männer sind Fremde, aber sie sind gerade in den gleichen Zug eingestiegen und mit ihrer Kleidung – Daunenjacken, Hosen in Übergröße und Turnschuhe – sind sie von dir nicht zu unterscheiden. Vielleicht würden sich die anderen Leute im Wagen sicherer fühlen, würden nicht denken, dass du zu dieser Gruppe gehörst, wenn du dich nicht so kleiden würdest wie diese Schwarzen Männer. Vielleicht würdest du dich sicherer fühlen, denn man würde dich nicht als einen von *Denen* sehen.

Schau dir nur an, wie du jetzt über dich selbst denkst: Afrikaner. Dunkle Haut. Migrant. Vor fünfzehn Jahren warst du einfach britisch, Teil eines allem Anschein nach florierenden Ganzen. Aber jetzt wird, mit jedem Jahr, das verstreicht, deine Identität zergliedert und jeder Bestandteil zunehmend gefährlicher.

Manchmal vergisst du, dass du in diesem Migranten-Körper steckst, und dann erinnern dich die Nachrichten daran. Du bist unterwegs von Hamburg zurück nach Berlin, müde, aber in bester Stimmung, denn du hast den Tag damit verbracht, neue Musik aufzunehmen, als du bestürzendes Filmmaterial siehst, das in den sozialen Medien geteilt wird. Ein Schwarzer Mann liegt auf der Straße in einem der geschäftigsten Stadtteile Berlins, und die Polizei – anstatt ihn einfach für irgendein von ihr wahrgenommenes Vergehen festzunehmen – schlägt ihn. Du schickst eine Textnachricht an eine*n Freund*in und fragst, ob ihr einen trinken gehen wollt, wenn du wieder in der Stadt bist, und wenn ihr euch an diesem Abend trefft, bittest du sehr darum, diese Nacht mit zu ihnen gehen zu dürfen, denn du willst gerade jetzt nicht allein in deiner Wohnung sein: allein mit dem Gedanken, wie sehr man dich hasst in diesem Migranten-Körper.

***

Dein Stil verändert sich.

Jedes Mal, wenn du aus Berlin wegfährst, was meist mit der Arbeit zu tun hat, fühlt es sich so an, als ob du eine Auszeit von der Stadt nimmst. Wenn du mehr als drei Monate nacheinander dort verbringst, fühlt es sich irgendwann so an, als ob dieser Ort dich aufsaugt, dich langsam grau werden lässt. Als du hierherkamst, war es das, was du wolltest, aber jetzt begreifst du, dass dieser Wunsch, in Stein zu ertrinken, einem Gefühl der Verzweiflung entsprang.

Auf einer deiner Auslandsreisen beschließt du, dass du etwas brauchst, um dir dabei zu helfen, gegen Berlin – selbst wenn du es nicht überlebst – wenigstens anzukämpfen. Du schlenderst in einen Kostümverleih und siehst einen Artikel, den du noch vor wenigen Jahren nie gekauft hättest – eine schwarz-goldene Jacke, die so absurd grell ist, dass ihr Anblick an einem sonnigen Tag unangenehm blenden würde. Sie übersteigt dein Budget bei Weitem, aber du handelst sie herunter auf einen Preis, den du dir gerade noch leisten kannst. Sie ist anders als alles andere, was du trägst, momentan eine Mischung aus Blau und Schwarz, aber sie scheint dir zu stehen. In den nächsten paar Monaten wird das für dich zum Ritual – hin und wieder Kleidung in leuchtenden Farben zu kaufen, Grün, Orange, Rot, Türkis –, und dein Stil verändert sich schließlich. Auf diese Art markierst du, umgeben von rauem Gelände, jeden Tag dein Revier. Diese Stadt macht keine Kompromisse, also solltest du es auch nicht tun.

***

Du warst genug.

Deine jüngere Cousine macht einen Tagesausflug nach Berlin und bittet dich, ihr die Stadt zu zeigen. Also überraschst du sie am Flughafen und du fährst mit ihr Bahn, nicht nach Kreuzberg oder Neukölln oder Prenzlauer Berg oder Mitte, sondern die ganze Strecke in den westlichsten Teil der Stadt, zur Endhaltestelle, wo weder hoch aufragender Beton noch Handyempfang hinreichen. Ihr steigt am Rand eines Sees aus und setzt euch dort eine Weile hin, blickt auf die Grenze der Stadt und über das Wasser in das umgebende brandenburgische Land. Hier könnte ich den ganzen Tag bleiben, sagt deine Cousine, von Staunen erfüllt. Du liebst es, Menschen zu überraschen, die nach Berlin kommen und erwarten, die Basstrommel zu hören, und am Ende von Vogelgesang hingerissen sind. Manche Besucher*innen können nicht begreifen, warum du hier deinen Frieden findest, und es stört dich nicht, aber du hast das Bedürfnis, es denen begreiflich zu machen, die du liebst.

Die Gesellschaft deiner Cousine ist eine Freude und erinnert dich daran, wie sehr du deine Familie in Großbritannien vermisst, besonders, da im Umkreis von tausend Kilometern keine Verwandten von dir wohnen. Wenn du nach London reist, isst du mit mehreren von ihnen zu Abend: Sie sind Anfang bis Ende zwanzig, haben Autos und den ersten Job und sogar Hypotheken, und du bist so stolz darauf, wie sie sich entwickelt haben. Du kannst ihnen das natürlich nicht sagen – wenn du es tust, wirst du dir wie ihr Großvater vorkommen. Sie sind einfach so liebenswert und ernsthaft und zielstrebig. Eine von ihnen erinnert sich an ihre erste Begegnung mit Hip-Hop: Sie hat das Ohr an deine Schlafzimmertür gepresst, als du gerade ein im Radio aufgenommenes Konzert abgespielt hast, und hat angestrengt versucht zu hören, welche Künstler*innen dir gefallen haben, hat still und leise diese Information genommen und den eigenen Geschmack darauf aufgebaut. Es verblüfft dich, das zu hören – du hast ihre Schritte im Korridor nie gehört.

Du verbringst viel Zeit damit, darüber nachzudenken, wie du in der weiteren Welt Spuren hinterlassen kannst, aber du denkst selten über die Wirkung nach, die du auf Menschen in deinem unmittelbaren Umfeld hast. Eines Nachts, es ist schon spät, ruft dich eine Verwandte an, um dir dafür zu danken, dass du ihr durch eine schwierige Zeit geholfen hast. Als dein Telefon klingelt, bist du an deinem Schreibtisch in einer Ecke deiner Wohnung, die Straße still, dein leerer Bildschirm leuchtet und zeigt sich unbeeindruckt von deinen Schreibversuchen. Während sie redet und sich euer Gespräch weit in die frühen Morgenstunden des nächsten Tages zieht, beginnst du langsam zu verstehen, dass die vielleicht wichtigste Arbeit, die du je leisten wirst, jene ist, die du nicht bemerkt hast, die Art Arbeit, welche du geleistet hast, während du irgendwohin abgehauen bist, besessen davon, deinen Namen auf irgendwelchen imaginären Bücherregalen oder Festival-Plakatwänden zu sehen. Es ist die Arbeit des Innehaltens und Zuhörens und Fürsorglichseins, und du nimmst dir vor, dich in Zukunft nicht zu häufig davon ablenken zu lassen, sie zu tun.

Du verabschiedest dich von deiner Cousine, und während sie sich auf den Heimweg macht, bist du plötzlich und tief berührt von dem Gedanken, dass ihr kaum Sehenswürdigkeiten besichtigt habt – dass sie in ein Flugzeug gestiegen ist und sich dabei sicher war, dass sie mit dir eine tolle Zeit haben würde. Vielleicht solltest du nicht so überrascht sein, dass Berlin, mit all seiner Schönheit, nur eine Nebenrolle spielte – denn: Du warst genug.

***

Du bist es wert, gekannt zu werden.

Eines Abends bist du auf dem Weg zu einem Date, und kurz bevor der Zug in den Bahnhof einfährt, wirst du plötzlich fast von Tränen überwältigt. Du hast schon vor langer Zeit gelernt, in aller Öffentlichkeit zu weinen: Du legst schnell den Kopf zurück, sodass die Tränen nicht fließen und die Haut um deine Augen anschwellen lassen. Du vergräbst geschwind das Gesicht in den Ärmeln, damit sie sofort das Wasser aufsaugen und damit deine Augen sich nicht röten. Professionell. Du weinst, weil du mit einem sehr lieben Menschen verabredet bist, und dir plötzlich klar geworden ist, dass du ihr nichts zu bieten hast. Wenn ihr tatsächlich zusammenkommen solltet, könntest du es dir kaum leisten, mit ihr irgendwohin zu verreisen. Alles, was du ihr zu bieten hast, bist du, und du hast Angst, dass das nicht genug sein könnte. Du bist schon so lange Single, dass du langsam denkst, oder vielleicht erkennst, dass es nicht reicht, einfach nur du selbst zu sein – denn wer will schon mit einem *Künstler mit Potenzial* zusammen sein. Denn so fühlst du dich immer noch, als ein Künstler mit Potenzial. Jemand, der von Menschen umgeben ist, die es wirklich bringen, die weiterkommen; jemand, dessen Flugzeug auf der Startbahn feststeckt, während die von allen anderen schon vor langer Zeit gestartet sind.

Du steigst aus der Bahn und bist fünf Minuten zu früh dran für dein Date. Ein Teil von dir ist stolz darauf, dass du überhaupt das Selbstvertrauen hattest, heute Abend auszugehen. Du sammelst dich – *was, wenn dieser Mensch eine Chance verdient, deine Zweifel zu durchdringen. Lass sie nicht darum kämpfen, dich so zu sehen, wie du wirklich bist.* Am Ende habt ihr einen großartigen Abend. Die Unterhaltung fällt leicht und bleibt dabei nicht oberflächlich, und das Einzige, was tatsächlich fehlt, ist jene vielsagende, spezielle Ebene der körperlichen Anziehung. Als ihr euch verabschiedet und du sie auf beide Wangen küsst, fühlt es sich wie ein Triumph an. Schon allein herzukommen ist für dich ein Erfolg gewesen, hier in diesem Lokal zu sitzen, als sie auf dich zukam, und zu denken *Nein, weine nicht, ich bin es wert, gekannt zu werden, ich bin es wert, geliebt zu werden.*

***

Bist du ein Witz?

Derzeit stellt sich der Zweifel mit jedem Morgengrauen ein. Du brauchst nicht länger einen Wecker, denn Panik rüttelt dich wach. Der Zweifel, mein Gott, der Zweifel. Und dann ist da die Frage, die du jemandem stellen willst, aber du weißt nicht, wem. Du willst jemanden fragen, der dir mit Ja antworten wird, nur um dich von der Last zu befreien, stets derjenige zu sein, der zu dir spricht. Du willst sie fragen: Meinst du, ich bin ein Witz? Sie werden, zunächst verwirrt, fragen – was meinst du denn damit? Und dann wirst du es aussprechen: ein Witz. *Denn ich habe alles für eine Karriere aufs Spiel gesetzt, die existierte, als ich mit der Schriftstellerei anfing, und nun existiert sie überhaupt nicht. Ich dachte, wenn ich beim Schreiben mein Allerbestes geben würde, würde ich am Ende auch gut dafür bezahlt. Schau dir all die Publikationen an, für die ich geschrieben habe. Ich habe mein Allerbestes getan. Vor fünfzehn Jahren hätte sich jemand mit meinem Lebenslauf eine Hypothek leisten können. Aber schau mich an. Jedes Jahr fürchte ich mich einen Monat lang davor, wie hoch meine Steuernachzahlung ausfallen wird.*

Du lädst jemanden, der dich mag, auf einen Drink ein, aber dann wirst du verlegen. Vielleicht wird sie*er enttäuscht sein, sobald sie*er mehr über dich weiß und dass du nur schwer zu Geld kommst. Glücklicherweise muss sie*er, einen Tag bevor ihr euch treffen wolltet, die Verabredung verschieben, und ihr vereinbart kein neues Date.

***

Zu alt, zu britisch.

Du bist so gut in dieses Jahr gestartet. Du hast gut gegessen und gut geschlafen, gesundes Essen gekocht, viel und gründlich gelesen, ein wenig Sport gemacht, unnötigen Streit in deinem Privatleben und auf den sozialen Medien vermieden. Aber dann gehen binnen einer Woche gleich zwei Sachen schief. Erstens hattest du einem Agenten einen Text zur Begutachtung geschickt, und die Nachricht lautete, wie erwartet – dass er einer erheblichen Überarbeitung bedürfe, bevor er fertig sei. Diese Bestätigung lässt dich verzweifeln. Das Schlimmste an der Existenz als Schriftsteller*in ist das Wissen, dass ein Großteil, wenn nicht sogar das meiste deiner Arbeit, entweder unbezahlt bleiben oder nicht veröffentlicht werden wird – oder beides. Du weißt nicht, ob du die Energie hast, zwei weitere Jahre in dieses Projekt zu versenken. Zweitens hattest du etwas Musik an eine Plattenfirma geschickt mit der Frage, ob sie mit dir zusammenarbeiten wollten, und in der Absage steht, du seist zu alt und du würdest zu britisch klingen. Du bist am Boden zerstört. Es bringt dich besonders aus der Fassung, dass die

Absage dasselbe nahelegt, was du dir schon so lange selbst gesagt hast – dass du aussiehst und klingst wie ein Witz und dass es da nun jemanden bei einer Plattenfirma gibt, der den Gedanken, dass du mit ihnen zusammenarbeiten wollen würdest, einfach nur lächerlich findet.

Zu alt, zu britisch. Dich stört dein Alter nicht, nicht an sich – aber du denkst schon, dass du vielleicht etwas Gediegeneres mit deinem Leben anstellen solltest, als zu performen. Hör auf, auf der Bühne rumzuhüpfen, und schreib, meinte eine Verwandte kürzlich zu dir. Zu deiner Schande stimmst du zu.

***

Berlin, das wahre Gespenst.

Die meisten deiner Bekannten, die Berlin verlassen, tun dies schnell und leise. Nur eine Minderheit veranstaltet einen Abend mit Abschiedsdrinks. Vielleicht liegt das an der Enttäuschung, dass es hier nicht geklappt hat, oder der Art, in der große Städte einen so absolut ausgelaugt zurücklassen, dass man keine Energie für irgendwelche Förmlichkeiten hat. Wenn jemand Berlin verlässt, dann findest du das häufig nur über ein Foto von ihrem neuen Zuhause auf den sozialen Medien heraus, oder eine Telefonnummer, die nicht mehr funktioniert, ein trostloser digitaler Abschied. Du hast es genauso gemacht, als du London verlassen, dich mit einem Flug am Morgen weggeschlichen hast – du wärst weggegangen, ohne irgendjemanden gesehen zu haben, hätte eine liebe Freundin nicht eine Überraschungsparty für dich geschmissen. Für dich ergab das Sinn, denn dein Zuhause zu verlassen war genauso niederschmetternd wie das Ende einer Liebesbeziehung.

Kürzlich teilte dir eine Freundin mit, dass sie Berlins müde geworden sei, und du kannst es ihr nicht verübeln. Sie schien sich nie auf die Stakkatorhythmen der Stadt einzustellen, diesen langsamen Strudel, gefolgt von einem wütenden Umsichschlagen; es nie zu schaffen, sich in diesem warmen, mit schlafenden Schlangen gefüllten Felstümpel zurechtzufinden. Sie ist der Einheimischen müde, die grummeln, wenn sie grüßen sollten, und der Freundschaften, die nie richtig Wurzeln schlagen. Du hoffst, sie hat etwas vorzuweisen für die in dieser Stadt verbrachte Zeit. Du hoffst, sie erkennt an, wie mutig es war zu versuchen, sich hier ein Leben aufzubauen. Bevor sie weggeht, trefft ihr euch zum Kaffeetrinken, und dann verstehst du, dass sie immer mit Berlin gefremdelt hat, dass sie sich nie einer Stadt verschrieben hat, die sich umgekehrt nie wirklich ihr verschrieben hat. Bei all dem Gerede darüber, dass Menschen am Ende von Beziehungen einander ignorieren, ist Berlin das wahre Gespenst, das dich mit einem Flirren von wilden Versprechungen hereinzieht und dann urplötzlich das Interesse verliert.

***

Was tun, wenn es ihnen nicht gefällt.

Auf diese Frage hast du noch nie eine einfache Antwort gefunden: Was wirst du tun, wenn man deinen Texten geringschätzig oder gleichgültig begegnet?

Sogar während du träumst, weißt du, dass du dich auf einen Albtraum vorbereiten musst. Es ist nicht unwahrscheinlich, dass du Texte erschaffen wirst, die manche Menschen entweder hassen oder denen sie leidenschaftslos gegenüberstehen werden. Dieses Muster zieht sich durch deine gesamte Laufbahn. Ein*e Freund*in fragt dich, wie es mit dem neuen Projekt läuft. Sie*er sieht beunruhigt aus, also beschließt du, ehrlich mit ihr*ihm zu sein – du sagst ihr*ihm, dass du dich darauf gefasst machst zu scheitern, dass du davon ausgehst, die Leute werden nicht mögen, was du machst. Das muss sehr kraftraubend sein, sagt sie*er. Ja, ist es, antwortest du, aber das ist nun mal der Lauf der Dinge. Du kannst nie wissen, wie man deine Texte aufnehmen wird, also musst du es genießen, sie um ihrer selbst willen anzufertigen. Es muss in diesem Prozess wenigstens einen Moment geben, in dem du dich zurücklehnst und auf den Bildschirm blickst und denkst, ja, ich habe diese Ansammlung von Wörtern so gut gestaltet, wie ich kann. Sie mögen nicht perfekt sein, aber besser kann ich es nicht.

Du musst deine Zufriedenheit aus allem ziehen, was sich irgendwie anbietet. Wenn du um die Enttäuschung wüsstest, die dich bei der Fertigstellung jedes neuen Texts erwartet, dann würdest du nie etwas anfangen. Bitte, sei nett zu dir selbst. Erinnere dich an das Schild, das du über deinem Schreibtisch angepinnt hast: *Du hast viel zu bieten.* Auf dem Blatt – und überall sonst.

***

Trink dieses Wasser.

Gleich nach dem Aufwachen hörst du, dass jemand, der in den sozialen Medien beliebt war, sich das Leben genommen hat. Du denkst an den Spaziergang, den du in der Nacht zuvor gemacht hast, als du zu einem Restaurant in der Nähe unterwegs warst, die Nacht so dunkel und dein kapuzenbedeckter Kopf so tief gesenkt, niemand konnte sehen, dass deine Augen voller Tränen waren und du dich fragtest, wie viele der Bäume um dich herum Äste hätten, die das Gewicht deines Körpers tragen könnten. Du dachtest, es wäre egoistisch, dich draußen vor deinem Haus zu erhängen, aber du konntest nicht anders, als dir vorzustellen, wie sich der Schal anfühlen würde, wenn er sich um deinen Hals zusammenzöge, die beruhigende Festigkeit seines Zugreifens – *ich hab dich, keine Angst, ich hab dich* – während du hinabsänkest.

Du wirst das nie tun. Du wirst das nie tun, weil du vor langer Zeit zwei Menschen, einem ins Gesicht und einem in deinem Herzen, versprochen hast, dass du dir nicht das Leben nehmen würdest. Eine war deine erste Liebe, und die andere ist eine enge Verwandte und bedeutet dir mehr als jede*r andere auf dieser Welt. Du hast diesen Pakt geschlossen, und wann immer dein Geist in diese Richtung abzudriften beginnt, musst du dich konzentrieren, du musst an die erste und positivste Sache denken, die du an diesem Morgen tun musst, du musst immer weiter gehen. Du erzählst es eigentlich niemandem, aber ein entscheidender Grund für dein Schreiben ist, dich selbst zu retten

– nicht auf irgendeine spirituelle Weise, sondern in dem Sinne, dass jede Form von Aktivität besser ist, als weiter in die Verzweiflung abzugleiten, und das Schreiben fällt dir natürlicher zu, wenn auch nicht leichter als alles andere.

Du wirst dir nicht das Leben nehmen, und du sagst dir selbst, dass du nicht einmal kurz davor bist, es zu tun. Als du die Reaktionen auf den Tod des Fremden in den sozialen Medien liest, wirst du daran erinnert, wie viel Kummer es Menschen bereitet, wenn jemand stirbt, der ihnen wichtig ist. Du bist voller Schmerz, aber du möchtest andere nicht auch mit solchem Schmerz erfüllen. Heute wirst du jene Dinge tun, die beschämend einfach sind, und weiter voran drängen. Hefte diese Rechnung ab, staube diese Oberfläche ab, trink dieses Wasser. Und bewege dich.

***

Eine angenehme und beunruhigende Aussicht.

Dieses Jahr hat sich die Sonne früher eingestellt, als dir vergönnt sein sollte. Du musst dir den Berliner Sommer verdienen, indem du dich durch die Kälte kämpfst, aber dieser Winter ist abgekürzt worden. Es ist erst später Februar, aber da draußen ist es so hell – wenn auch noch nicht so warm – wie an einem Morgen im August. Die Leute sind schon im Freien, Pendler*innen und Student*innen, betrachten die voreilige Wärme vergnügt als einen Willkommensgruß, nicht als eine Warnung. Und warum sollten sie es nicht? Wer hätte gedacht, dass sie schon vor März eine Schicht weniger anziehen dürften? Du bist ein bisschen anders als sie. Du sitzt drinnen, bist schon dabei, den Abend zu planen, und weißt, dass es um die fünfzehn Grad warm sein wird. Du suchst eine Jacke aus, und dann ist da das Schuldgefühl, dass du ein Wetter genießt, das dir noch nicht gehören sollte, ein Klima wie aus den Ladenregalen eines anderen Landes geklaut. Das Gebäude gegenüber dem Ende deiner Straße wird direkt von der Sonne angestrahlt, und seine riesige angrenzende Mauer bietet dir einen langen goldenen Anblick. Selten hat sich eine so beunruhigende Aussicht so angenehm angefühlt.

***

Warum kletterst du weiter?

Du und deine Künstlerkamerad*innen klettern alle auf denselben Berg. Während du mit der Steigung ringst, deine tauben Finger sich an den gleichgültigen Felsen klammern, werden einige von ihnen an dir vorbeirasen, hinauf durch die Wolken und über den Gipfel hinaus. Du bist selten missgünstig ihnen gegenüber, aber Neid empfindest du schon. Denn du willst dich einfach nur zu ihnen da oben gesellen und eine Weile ausruhen, die Aussicht genießen.

Was für eine Art Kletterer bist du? Nun, du bist ein langsamer, manchmal ein fauler. Aber dennoch bist du dort – und, obwohl du vielleicht mit weniger Ausrüstung losgezogen bist, als du dachtest, dass du brauchen würdest, bist du trotzdem auf dem Weg nach oben.

Warum kletterst du weiter? Das hat zwei Gründe. Erstens gibt es dort, wo du losgestiegen bist, abgesehen von Schmerz sehr wenig. Wenn du nach unten blickst, siehst du kaum etwas außer den Herzen, die du gebrochen hast, einschließlich deines eigenen. Du siehst Täler, die von dem Glück anderer erfüllt sind, ein Glück, das nie so aussehen wird wie dein eigenes.

Als du jung warst, hattest du immer wieder diesen Tagtraum:

Du und deine Freund*innen – alles Kinder – spielten draußen auf einer Straße mit Reihenhäusern, und als es Abend wurde, gingen sie eine*r nach der*dem anderen rein. Bald warst du als Einziger übrig, und erst als du dich umsahst, wurde dir klar, dass du kein eigenes Haus hattest. Schließlich hobst du einen Ball auf, den du in der Nähe hattest hüpfen sehen, und verließest diese Straße. Vielleicht war da, irgendwo in der Ferne, der Schatten eines Berges.

Und der zweite Grund, warum du weiterkletterst: Weil von Zeit zu Zeit, eben dann, wenn du kurz davor bist zu straucheln und vielleicht zu fallen, deine Freund*innen von jenseits der Wolken rufen. Geh weiter, sagen sie. Geh weiter. Sie könnten dir vielleicht ein Seil anbieten, aber du fragst nicht danach, noch nicht. Für den Moment ist ihre Ermutigung der einzige Ansporn, den du benötigst.

***

Du erhältst deine erste Morddrohung.

Du erhältst deine erste Morddrohung, und du denkst darüber nach, dass du vor Ankunft des Internets nicht wusstest, wie sehr man dich hasst. Jetzt vermag jede*r irgendwo auf der Welt, die*der dich hasst, dich zu finden. Ihre Nachrichten, versandt mit der Wut und Präzision von mit nuklearen Sprengköpfen bestückten Interkontinentalraketen, treffen auf deinen diversen Social-Media-Seiten ein und explodieren beim ersten Ansehen. Eine von ihnen schildert, wie du – solltest du weiterhin über die Themen schreiben, die du jetzt behandelst – ermordet werden wirst. Eine andere besteht schlicht aus einer Auswahl von Hakenkreuzen. Ein Freund in einem anderen Land teilt dir lakonisch mit, dass deine Meinungen in einheimischen Faschist*innenkreisen die Runde machen und dort auf einige Ablehnung stoßen. Eine deiner Verwandten sieht dein Gesicht, als du auf dein Telefon hinunterschaust, um ein paar dieser Beschimpfungen aufzunehmen, und sagt dir, dass du dich für den Tag ausklinken solltest, da, wer auch immer dich kontaktiert hat, dir bereits die Woche verdorben hat.

Du erinnerst dich an die schlimmste Zeit, als sie dich fanden. Du hast einen Artikel geschrieben, der die Aufmerksamkeit und den Ärger einer Gruppe von Verfechtern der weißen Vorherrschaft in Amerika auf sich gezogen hat, und fünfundvierzig Minuten nachdem du ihn online gestellt hast, meldet sich der Erste von ihnen. Er hat Hunderttausende Leser*innen und hat deinen Text mit seinem

Publikum geteilt. Seine Gedanken zu deinem Artikel sind nicht besonders leidenschaftlich; er wirft ihn einfach nur verächtlich seiner Gefolgschaft vor, und deren Reaktion ist brutal. Drei Tage lang richten sie ihren Zorn auf dich. Während dieser Zeit sitzt du meist in deiner Küche, verlässt kaum deine Wohnung, und obwohl es zwischen dir und der Welt da draußen drei Türen gibt, sind sie bereits bei dir eingebrochen und im Raum. Gelähmt von dem Online-Ansturm kannst du dich nicht von deinem Bildschirm losreißen. Du wünschtest, du hättest den Artikel gar nicht erst geschrieben. Du bist allein, und alle, die du kennst, haben einen Bürojob, weswegen da niemand ist, den du tagsüber anrufen kannst; daher wirst du stundenlang von Sticheleien umdrängt. Wie damals auf dem Schulhof wirst du begraben unter ihrer Flut, nimmst die Beleidigungen vielleicht hin, weil du denkst, das sei einfach der Preis, den man für ein der öffentlichen Wahrnehmung ausgesetztes Leben zahlt.

Du bist glimpflich davongekommen. Später erzählt dir eine Freundin, dass eine populäre rechtsextreme Webseite ihren Artikel zum gleichen Thema entdeckt und geteilt hat, mit dem Ergebnis, dass sie Morddrohungen erhielt – gegen sich selbst, ihren Ehemann und ihre Kinder. Du bist glimpflich davongekommen: Einer anderen Freundin wird ein Foto von zergliederten Körperteilen in einem Koffer zugeschickt, was andeuten soll, dass dies eines Tages sie sein könnte und sollte. Du bist glimpflich davongekommen: Eine andere Freundin blockt Tausende von Konten in den sozialen Medien, und jedes Mal, wenn sie in den

Medien auftaucht, erhält sie eindeutige Beschreibungen davon, was Männer gegen ihren Willen mit ihr machen wollen. Du bist so glimpflich davongekommen, dass du kaum über die Wut sprichst, die auf dich gerichtet ist. Außerdem schämst du dich, dass dich etwas so Geringfügiges aus der Fassung bringt.

Einmal, als du online bist, lenkst du mit deiner Meinung das Feuer auf dich, und am Ende suchst du eine Stunde lang die übelste Sorte von Boshaftigkeiten von jemandem zu verkraften, der dich betreffs deines sozialen und akademischen Hintergrunds ins Kreuzverhör nimmt und dessen Befragung, der Dutzende, möglicherweise Hunderte von Leuten folgen, so heftig ausfällt, dass du schließlich über dein ganzes Leben Rechenschaft ablegst, dich sogar dazu anstacheln lässt zu beschreiben, wie dein Vater getötet wurde, in die Luft gesprengt, als du gerade erst vier Jahre alt warst. Der dich Malträtierende kostet dein Unbehagen aus, ebenso mehrere unter den Schaulustigen. Du weißt dies, weil einige von ihnen die gleichen Freund*innen haben wie du, teilweise für viele weitere Jahre. An anderen Tagen bist du Teil dieser Menge von Schaulustigen, und manchmal schickst du jenen, die malträtiert werden, privat eine unterstützende Nachricht, manchmal aber auch nicht. So ist es nun einmal heutzutage online: Früher oder später bist du an der Reihe, zu verdammen oder verurteilt zu werden.

***

Das dementierbare Date.

Seit du Mitte zwanzig bist, hast du festgestellt, dass sich große Städte auf ein bestimmtes Ereignis spezialisiert haben: das dementierbare Date. Ein dementierbares Date findet dann statt, wenn man jemanden auf einen Drink trifft, aber keine*r von euch je wirklich zugibt, dass ihr ein Date habt: Dies hat den Vorteil, dass, falls sich daraus nichts Romantisches ergibt, keine*r von euch zugeben muss, dass das jemals beabsichtigt gewesen sei. Der perfekte Zeitpunkt für ein dementierbares Date ist zum Kaffeetrinken, gewöhnlich irgendwann am Nachmittag, gewöhnlich mit Freiberufler*innen. Üblicherweise seid ihr euch in der Woche zuvor auf der Party gemeinsamer Freund*innen begegnet oder habt monatelang schlechte Scherze in den sozialen Medien geteilt. Ihr bringt einander einfach auf den neuesten Stand, da ihr gerade beide Zeit habt. Du hoffst, dass die Person, die du triffst, so wunderschön aussieht wie letzte Woche, als du sie – entweder im richtigen Leben oder online – gesehen hast. Einen winzigen Moment lang ist dein Herz weit offen.

Aber es gibt ein Problem mit dem dementierbaren Date. Manchmal ist sich eine*r der beiden nicht recht im Klaren darüber, dass dies ein Ereignis mit romantischem Potenzial ist, und daher wird sie*er die Bemühungen der*des anderen überhaupt nicht zur Kenntnis nehmen. In einem solchen Fall wird man der ahnungslosen Person erst Monate oder sogar Jahre später vom Interesse des*der sie Verehrenden berichten. *Oh, der Typ*, wird ein*e gemeinsame*r

Freund*in zu dir sagen, *der stand echt auf dich*. Du bist schon in beiden Positionen gewesen: des Begehrten und des Begehrenden. Du fragst dich, ob diese Frau letztes Jahr bemerkt hat, wie sehr du dir gewünscht hast, dass sie dich mag, und du vermutest, dass sie dein Interesse höflich ignoriert hat.

Vielleicht kommt das dementierbare Date häufiger vor, je älter man wird, weil die Leute die Andeutung, dass sie nach einer intimen Beziehung suchen, eher von sich weisen. Diese neue Welt, die Ära des defensiven Datings, scheint dir sehr gut zu passen. Ein wenig ähnelst du einem Fußballtrainer, der seine Mannschaft zu einem Spiel auf feindliches Terrain schickt und dabei keinen Wert darauf legt, die Zuneigung der gegnerischen Mannschaft zu gewinnen, sondern darauf, absolut keine emotionalen Zugeständnisse zu machen.

Bis vor Kurzem hat das für dich sehr gut funktioniert. Du hast gerade jemanden zu einem dementierbaren Date eingeladen, zum Kaffeetrinken in der folgenden Woche. Sie scheint nicht zu wissen, dass du sie magst – oder weiß sie es? Du hast sie bisher nur einmal getroffen, also hatte sie vielleicht nicht genug Zeit, dein Interesse wahrzunehmen. Vielleicht denkt sie, es sei nur ein Kaffeetrinken? Du hast dein Interesse so gut verborgen, dass es wahrscheinlich unsichtbar ist. Vielleicht verbirgt sie ihres? Du freust dich die ganze Woche lang auf das Kaffeetrinken. Am Tag vor dem Kaffeetrinken schreibst du ihr, um einen Zeit- und Treffpunkt auszumachen, und es stellt sich heraus, dass sie sich im Tag geirrt hat. Was machst du nun? Bittest du sie um einen neuen Termin, oder bist du einfach ehrlich und sagst ihr, dass du sie zu einem echten Date einlädst? Sie ist reizend, und du denkst, du magst sie, also bittest du sie natürlich weder um einen neuen Termin für ein Treffen noch erzählst du ihr von deinem Interesse. Zwei Wochen später erinnerst du dich kaum noch daran, wie sehr du dich darauf gefreut hattest, sie wiederzusehen.

***

Genieße, wo es nur geht.

Genieße, wo es nur geht in Berlin. Hol dir kurz vor Ladenschluss noch diesen einen Drink – immer. Du wirst gerade noch die letzte Bahn erwischen, und du hast diese*n gute*n Freund*in monatelang nicht gesehen, also seid ihr es einander schuldig. Du hast die letzte Bahn verpasst, was soll's, ein Taxi tut es auch. Relativ wenige Leute in dieser Stadt nehmen ein Taxi – und bei denen, die es machen, ist es ein Zeichen schlechter Planung und damit eines sehr schönen Abends.

Genieße, wo es nur geht. Schau aus dem Fenster deiner abendlichen Bahn, wo eine Straßenleuchte nach der anderen dich mit Abklatschen begrüßt. Während du auf dem Weg zu jener Bar bist, um deine*n Freund*in zu treffen, achte auf die goldene Regel des Trinkens in Berlin, die besagt, dass du auf dem Weg zu einer Zusammenkunft mit Freund*innen irgendwo stets wenigstens drei Orte sehen wirst, die belebter und aufregender wirken als der, den du ansteuerst.

Genieße, wo es nur geht. Lass alles auf dich wirken. Genieße den Abschnitt der Bahnfahrt, der dich hoch über den Fluss führt, beidseits der Brücke ein glatter Marmorweg, und danach, wenn die Bahn nach rechts schwenkt und dich dann zwischen den dritten Stockwerken von Kreuzberger Apartments langsam durch die Stadt lenkt wie ein Rummelplatzgefährt ein Kind. Spähe über die Bäume hinweg, lehne den Kopf an den Wagen und staune darüber, dass ein bloßes öffentliches Verkehrsmittel sich wie ein Zuhause anfühlen kann.

Genieße, wo es nur geht. Sei stolz darauf, dass sich in Berlin die Bahnen wie ein Zuhause anfühlen, weil sie die gleiche Innenausstattung wie ein Vorstadtwohnzimmer aus den Siebzigern haben, wie die blumengemusterte Oase, in der du das Laufen gelernt und bald danach zu Prince getanzt hast. Sei stolz darauf, dass du ab und an ganz in Schwarz gehst, der Berliner Uniform, denn wenn du schnell irgendwohin musst, ist dies die trotzig-faulste Art, dich zu kleiden.

Sei stolz auf das Durcheinander. Koste nach dem unerwarteten und unerwartet genussvollen One-Night-Stand die Bahnfahrt nach Hause aus. Du weißt schon, diese nachmittägliche Fahrt zurück aus irgendeinem nordwestlichen Berliner Bezirk, wo du dich gegen das Glas lehnst und eine Zufriedenheit empfindest, die bis in die Knochen reicht.

Genieße, wo es nur geht. Sitze in diesem Weinlokal auf dem Gipfel eines Hügels, die lange Nacht vor dir, und halte genau da – das Glas halb zum Mund erhoben – inne und feiere im Stillen. Du hast es geschafft. Du bist nicht dabei, es zu schaffen, du hast es tatsächlich geschafft – du hast es in diese Stadt geschafft, an diesen Punkt der Geschichte. Du hast inmitten all des Wahnsinns diesen Zufluchtsort gefunden, du zahlst deine Miete, und von irgendwoher kommt irgendwie Arbeit herzu, und du wirst geliebt.

Du und einige Einheimische habt einen Witz: Dir fällt auf, dass meistens, wenn alte Freund*innen von dir übers Wochenende die Stadt besuchen – diejenigen, die du seit Jahren nicht mehr getroffen hast – sie dich am Ende nicht sehen. Kurz bevor sie ankommen, schicken sie dir eine Reihe von E-Mails und Textnachrichten in der Hoffnung, dass du Zeit für einen Kaffee finden kannst, vielleicht einen passenden Ort vorschlagen kannst, und dann hörst du bis zum darauffolgenden Montag nichts mehr von ihnen, wenn überhaupt. Die, von denen du hörst, entschuldigen sich dann, erzählen dir, dass sie sich in Berlin verloren hätten – sie formulieren das tatsächlich so, jede*r von ihnen – und du fängst an, sie als *Die Berlinverlorenen* zu bezeichnen, jene spezifische Art von Mensch, die, sobald sie diese Stadt betritt, von Euphorie überwältigt wird. Du wirst darüber lachen – zunächst etwas beleidigt, denn du hättest sie wirklich gern gesehen –, aber du wirst es verstehen. Berlin ist nicht nur ein riesiges Stadtgebiet – es ist ein Universum; wenn es dich bei deinem ersten Besuch nicht verschlingt, machst du etwas verkehrt.

Daher lass dir die Freund*innen, die zu Besuch kommen, ein Vorbild sein, und verliere dich in Berlin. Und verweile.

Beherzige die Hinweise. Schau dir an, wie umständlich die Straßen angelegt sind und dass die Reihenfolge der Hausnummern oft unverständlich ist, und beherzige diesen Hinweis: Dass Berlin dich vielleicht manchmal leiden lassen möchte, aber nie hetzen.

***

Leugnen ist lebenswichtig.

Es gibt viele Tage, an denen du aufwachst und nichts anderes zählt als dies: das Wissen darum, was kommen wird. Die Klimakrise ist überall angekommen, viel schneller als du, ebenso wie viele andere, gedacht hattest; allein du weißt nicht, wie sie sich gestalten wird. Du bereitest dich teils auf sie vor, indem du dich weigerst, Kinder zu haben, wobei du nicht vielen Leuten davon erzählt hast. Du warst nie besonders begeistert von der Idee, eine Familie zu haben, und jetzt am allerwenigsten. Du kannst dir nicht vorstellen, neues Leben in eine solche Welt zu bringen, in eine Zivilisation, die sich mit zunehmender Geschwindigkeit ihrem Ende zu nähern scheint, die sich kopfüber in einen Strudel stürzt, den sie selbst erschaffen hat.

Du siehst, wie so viele Menschen einfach weitermachen wie bisher, und manchmal verzweifelst du, aber dann denkst du: Was sollen sie denn sonst tun? Diese Leute haben sich unter erheblichem emotionalen und finanziellen Aufwand ein Leben aufgebaut, und in den nächsten zwanzig Jahren wird die Grundlage, auf der sie es errichtet haben, fortgespült werden. Wie können sie sich – wie kannst du dir – die Realität dessen auch nur vorstellen, geschweige denn mit ihr existieren? Es ist leichter, nicht daran zu glauben. Der Gedanke, dass ein verschobener Ozean daherkommen könnte und all dies ganz wortwörtlich wegschwemmen, ist einfach zu gewaltig. Leugnen ist lebenswichtig.

Du hast große Angst, aber nur wenn du und deine Freund*innen betrunken sind, sprichst du uneingeschränkt über deine Angst vor dem Klimawandel. Eines Nachts, mitten auf einer vollen Tanzfläche im Osten der Stadt, triffst du auf eine Menschenrechtsaktivistin, die du monatelang nicht gesehen hast, jemanden, der in unterschiedlichen Erdteilen inspirierende Arbeit leistet – der Typ Mensch, dessen Beiträge in den sozialen Medien du liest, wenn du Aufmunterung gebrauchen kannst.

Du begrüßt deine Freundin mit einer Umarmung, und obwohl es so laut ist, dass du nur etwa die Hälfte ihrer Worte hören kannst, ist ihre Bestürzung offenkundig. Sie wirkt panisch, und als du sie fragst, was los sei, erzählt sie dir, dass die ganze Umwelt zum Teufel gehe, dass es zu spät sei und dass sie einfach all diese kleinen Momente der Freude genieße, solange es geht.

Du erzählst niemandem sonst von dieser Unterhaltung, denn wahrscheinlich werden sie entweder nicht glauben, dass sie stattgefunden hat, oder mit Abwehr und Geringschätzung reagieren. Du erzählst auch deshalb niemandem sonst davon, weil es dir oft so wie deiner Freundin geht. Monate später wirst du ein ähnliches Geständnis ablegen, wiederum weit nach Mitternacht und weit jenseits der Nüchternheit, als ein Freund dich fragt, wie es mit deinem Leben so steht. Du erzählst ihm, dass dir abgesehen vom Klimawandel nichts anderes mehr wichtig scheint, wie glücklich du bist, keine Kinder zu haben, dass du dich um dein*e Freund*innen sorgst, die welche haben, dass du dich um die Kinder sorgst, denen du diese Welt hinterlässt, dass du dich um dich selbst sorgst, dass deine größte Angst darin besteht, niemanden sonst zu haben, mit dem du die kommenden Jahre teilen kannst, einen Menschen, der dich tröstet, und mit dem du dich versteckst, während dieses Undenkbare, dieses Massensterben, sich langsam seinen entsetzlichen Weg über den Planeten walzt. Oh, sagt dein Freund. Ihr seid beide Briten, und deswegen hat er nicht erwartet, dass du so ehrlich sein würdest.

***

Berlin ist keine Blase.

Berlin ist keine Blase. Viele werden es so nennen, sogar jene, die es besser wissen sollten. Es ist keine Blase. Eine Blase ist eine sorgfältig abgeschlossene Welt, deren Bewohner*innen nicht bemerken, was außerhalb von ihr passiert. Berlin ist etwas anderes. Es ist ein Zufluchtsort, eine Enklave, ein sicherer Hafen. Wenn Berlin deine Blase wäre, würde das bedeuten, dass du gegenüber all dem, was in anderen Teilen der Welt geschieht, gleichgültig wärst. Aber dir ist dieses Geschehen äußerst bewusst, und deswegen bist du hier. Sehr wahrscheinlich bist du hier, weil du vor den tatsächlichen Blasen unserer Gesellschaften geflüchtet bist: den kleinen Vororten und Dörfern, wo du aufgewachsen bist, wo dein Anderssein bestenfalls toleriert wurde. Sehr wahrscheinlich werden diese Orte, diese Blasen, dir übel nehmen, wie du sie jetzt siehst, werden sie deine Distanz als elitär und versnobt auslegen, anstatt darin einen lebenswichtigen Akt des Selbstschutzes zu erkennen. Diese Orte, diese Blasen, werden nicht innehalten und darüber nachdenken, was sie dir angetan haben, dass du so traumatisiert warst, dass du bei der ersten dir sich bietenden Gelegenheit fliehen musstest.

Berlin ist keine Blase, denn das würde bedeuten, dass es irgendeine Art von schützendem Kraftfeld um diese Stadt gäbe, und das gibt es nicht. Wenn du dir die Geschichte anschaust, wenn du dir die Stolpersteine anschaust – diese bronzefarbenen Platten, die die Türeingänge markieren, aus denen die Opfer des Nationalsozialismus verschleppt wurden –, begreifst du, dass diese Stadt nicht allen Schutz geboten hat.

***

Wir sind am Leben.

Du flüchtest dich in Sex, wann auch immer es geht. Es ist der einzige Ort, an den du fliehen kannst, wenn sich die Welt bedrohlich anfühlt. Nur dort, in deinem Bett oder ihrem, irgendwann nach Mitternacht, wenn der klappernde Ventilator über euren erschöpften Körpern flüstert, kommst du zur Ruhe. Die Menschen, mit denen du schläfst, scheinen zumeist genau dasselbe zu wollen wie du: ein paar Stunden Pause von der Trostlosigkeit, in denen sich eure Finger durch den abgedunkelten Raum treiben lassen und gegenseitig über eure Haut und in Richtung ihrer Seufzer wandern.

Angst steigert oft deine Lust auf Sex. Du liest von der Ermordung eines afrikanischen Geflüchteten, dessen sterbliche Überreste in einer ländlichen Gegend Deutschlands gefunden wurden, und plötzlich verlangt es dich nach der Wärme eines anderen Körpers. Du sehnst dich plötzlich danach, geküsst, geleckt, gehalten und überwältigt zu werden, du gierst nach dem wilden Gewirr von Gliedmaßen, an dessen Grund du alles bist und nichts, unter dem sie*er sich vollständig auf dich konzentriert und in dem du völlig verschwinden kannst. Es gibt Leute, die dich als promiskuitiv bezeichnen würden, aber tun sie es, verstehen sie dich nicht. Du hast Sex nicht, um Eroberungen zu machen, sondern um dich daran zu erinnern, dass du am Leben bist, einen Moment der Leidenschaft lang nach dem anderen. Eine Geliebte sagt dir, dass du beim Sex zurückhaltend bist, dass du sogar nackt Angst hast. Tage später, als du dich an diese Unterhaltung erinnerst, geht eine so tiefe Erschütterung durch dein Herz, dass du zurück auf dein Bett fällst und ungefähr eine Stunde lang nicht in der Lage bist aufzustehen, so, als ob ihre Worte endlich ein Erdbeben in dir ausgelöst haben. Du schaust aus dem Fenster auf den bewölkten Himmel, ein Quirlen aus Weiß und Blau, und du erinnerst dich an die Momente, in denen du in dieser Wohnung Liebe gemacht hast, im bernsteingelben Licht der Straßenlaternen oder dem schwachen Schein der Nachttischlampe, und du denkst daran, wie passend die Bezeichnung One-Night-Stands doch ist; sie sind wahrlich Stands, Stellung-Nahmen, Akte der Auflehnung, kurze, jedoch glorreiche Proteste der Leidenschaft, der Furcht und des dankbaren Fleisches, die einen innigen Krieg führen gegen die brutale Einkreisung der Nacht. Wir sind hier, schreien eure Körper, indem sie einander hungrig umfangen, wir sind am Leben.

***

Das taktische Nickerchen.

Der wichtigste Neuzugang deiner späten Dreißiger ist das taktische Nickerchen. Du bist erstaunt, wie notwendig nachmittäglicher Schlaf plötzlich ist. Deine Freund*innen lachen darüber, dass du überall und von jetzt auf gleich einschlafen kannst – du schreibst diese Fähigkeit den im Internat verbrachten Jahren zu, umgeben von Jungen, die ähnlich viel Lärm machten, und dann den Jahren im ersten Stock über einer der verkehrsreichsten Straßen im Osten Londons. Wenn du also eine Superkraft hättest, wäre es das Schlummern.

Die echte Elite unter den taktischen Kurzschläfern kann in geschäftigen öffentlichen Verkehrsmitteln wegnicken, und du kannst deine Berufskolleg*innen ausmachen, sobald sie einen Fernbus oder Zug betreten. Sie sind diejenigen, die hineinklettern und geradewegs auf die Sitzplätze direkt neben der Treppe zuhechten, die, wo sich die Rückenlehne des Sitzes ganz nach hinten verstellen lässt, ohne dass sich jemand beschwert.

Vielleicht kannst du nebenberuflich, parallel zu deinen unterschiedlichen kreativen Projekten, frischgebackenen Eltern die Kunst des taktischen Nickerchenmachens beibringen, oder Leuten, die vor Kurzem traumatische Trennungen erlebt haben. Die Workshops könnten auf dem Weg zur Arbeit an Bus- oder auf Bahnsteigen stattfinden, und du könntest eine Handvoll Arbeitsblätter vorbereiten darüber, welche Kleidung am besten zu raschem Schlaf verhilft. Vielleicht könntest du eine App auf den Markt bringen und sie nach zwei Jahren verhökern. Wenn du schon so häufig erschöpft bist, kannst du das genauso gut zu Geld machen.

***

Wie man in Berlin nach Hause geht.

Noch Jahre nach deiner Ankunft in Berlin wirst du an deiner eigenen Straßenecke stehen bleiben und mit der Ehrfurcht eines Touristen deinen Heimweg fotografieren. Denn diese Stadt hat einen ganz eigenen Zauber. Er lässt sich im matten Licht der Straßenlaternen entdecken, die sich an Herbstabenden geduckt durch die Bäume hinschlängeln.

Die Neonfassaden der Spätis säumen deinen Weg wie Landescheinwerfer. Die Szene ist so grellbunt und fröhlich wie der Victory Screen eines Arcade-Spiels.

Wenn du gute Fotos von Berlin machen willst, dann sind Spätsommernachmittage ein Muss. Überquere um siebzehn Uhr die Oberbaumbrücke und schau der Sonne zu, wie sie neben dem Fernsehturm hinabgleitet, sodass ihr Glühen die Kanten des Gebäudes umhüllt. Du wirst es Hunderte Male an unterschiedlichen Tagen versuchen, aber die Aufnahme nie perfekt hinbekommen. Das macht aber nichts. Das Glück liegt im Versuch.

Am allerbesten ist es im Winter. Dann, wenn es zwei oder drei Uhr morgens ist – du warst aus, bist auf dem Heimweg –, wirst du zwanzig Minuten länger brauchen, oder so lange, wie du es aushältst, bevor die Kälte deine Daunenjacke durchdringt: Du machst Bild um Bild von den schneebeladenen Bäumen, ihren frostüberzogenen Ästen, die wie ein Wald aus Geweihen glitzern. Die Schönheit verschlägt dir den Atem, immer wieder.

Berlin funktioniert, trotz seiner Fehler, in vieler Hinsicht – und vielleicht schämen sich seine Verwandten deshalb so wegen ihm. Ein derart unbändiger Ort sollte kein Erfolg sein. Berlin ist das queere Gör, aus dem ein*e glückliche*r Erwachsene*r wird. Dein bester Freund schreibt dir in den sozialen Medien: *Ich glaube, du hast eine Liebesaffäre mit dieser Stadt.* Du lächelst, und du bestreitest es nicht.

Und deshalb hältst du den Mund.

Du Narr. Wieder hast du eine lebensverändernde Summe Geldes ausgeschlagen. Selbst als du dies tippst, fühlst du einen Stolz aufwallen, der auch einfach nur Eitelkeit sein könnte. Wie privilegiert du bist, um deiner Moralvorstellungen wegen mittellos zu bleiben. Mit Geld fremdelst du. Du willst es nur verdienen, wenn du es für absolut gerechtfertigt hältst. Für Wettbüros schreibst du nicht. Du nimmst keine Honorare von repressiven Regierungen an, oder von Unternehmen, die an der Ausbeutung von Arbeiter*innen beteiligt sind. Jetzt sorgst du dich, weil du vor einigen Monaten Tausende Euro abgelehnt hast und dich jetzt Zahlungen gegenübersiehst, die du fürchtest, nicht begleichen zu können, und wieder fragst du dich, wie jemand, dem so viele Möglichkeiten offenstanden, jemand, der im Studium mal so hart gearbeitet hat wie du, jetzt nicht in der Lage ist, die Art von Geld zu verdienen, die dir finanzielle Sicherheit verschaffen könnte.

Es sind die Angst und die Demütigung, über die du nicht zu reden wagst, es ist die stille Scham: Dass, trotz all deiner Sichtbarkeit als Journalist, mit dem Geld, das du mit deinem Schreiben verdienst, dein gegenwärtiger Lebensstil möglicherweise nicht aufrechtzuerhalten ist. Dein Freund fragt dich, warum du so selten in den Urlaub fährst, und du bringst es nicht übers Herz, ihm zu sagen, dass du nicht genug verdienst, um mehr als ein paar Tage freizunehmen. Du schaust dir die Rechnungsbelege von Reisen im letzten Jahr an, und du staunst darüber, wie oft du unterwegs warst, in einem Fernbus hier, in einem Flugzeug dort, zumeist unbezahlt. Du warst hundemüde. Manchmal waren die angebotenen Beträge so geringfügig, dass diese Rechnungen einzureichen anstrengender war als die Arbeit selbst.

Es bricht dir das Herz. Eines Tages schaust du dir die fünf erfolgreichsten Artikel an, die du je geschrieben hast – nicht unbedingt die, die weit verbreitet wurden, aber jene, die zur nationalen oder sogar weltweiten Diskussion beigetragen haben, die die Debatte positiv geprägt haben. Du stellst fest, dass die bestbezahlten davon dir weniger als zweihundert Euro eingebracht haben. Du bist stolz darauf, diese Artikel geschrieben zu haben, über Kolonialismus und Feminismus und das Patriarchat und Homophobie und Immigration, aber sie haben dir keine finanzielle Sicherheit eingebracht. Du fragst dich, ob es für dich je einen Monat geben wird, in dem der Blick auf dein Bankkonto nicht angsterfüllt ist, in dem du nicht deine Geldbörse über den Bildschirm halten musst, während du Geld abhebst, damit du keinen Blick auf deinen Kontostand erhaschen kannst, den deutsche Banken dir unbedingt anzeigen wollen, ob du ihn sehen möchtest oder nicht.

Du fragst dich, was mit dir nicht stimmt, mit dir und deinem blöden Hirn und deinen hochtrabenden Moralvorstellungen. Du fragst dich, warum du nicht einfach das Geld annehmen konntest, als während des großen Fußballturniers jenes Unternehmen anfragte, ob du das Drehbuch für eine abendfüllende Dokumentation schreiben würdest. Du hast abgelehnt, weil das Turnier von einem mörderischen Diktator als PR-Maßnahme abgehalten wurde, aber das Geld hättest du wahrhaft gut gebrauchen können, und niemand – außer dir – hätte gewusst, dass du es angenommen hast.

Aber *du* hättest es gewusst, und deshalb hast du es nicht genommen. Das passiert dir jetzt immer häufiger. Du sagst Nein zu finanziellen Chancen, weil du weißt: Nimmst du sie doch an, wird die daraus resultierende Arbeit die Welt auf irgendeine kleine Weise zu einem schlechteren Ort machen. Das Problem ist, dass man dir immer viel mehr Geld für Propaganda anbietet als für deine eigene Kunst, von der du seit Kurzem befürchtest, dass sie nicht gut genug sein könnte.

Heute Nacht kannst du nicht schlafen. Dein Herz rattert, als ob du gerade einem Bus nachgerannt wärst. Du kannst über nichts anderes nachdenken als Geld, und darüber, ob du als Künstler jemals gut genug sein wirst, um welches zu verdienen. Du denkst langsam, dass dich deine moralische Lauterkeit noch ins Grab bringen wird. Du kannst nicht aufhören, an die letzten vier Jahre zurückzudenken, an die zwei Gelegenheiten, bei denen es aussah, als hättest du wirtschaftlich rentable Buchprojekte am Start, und daran, dass du auf beide verzichtet hast. Du hast eines von den beiden abgelehnt, weil es ein fiktionaler Text war, der Stereotype über Schwarze Männer hätte neu befeuern können. Du hast das andere abgelehnt, weil es ein nichtfiktionaler Text war, der der feministischen Sache vielleicht mehr geschadet als genutzt hätte. Du blickst jetzt auf diese

Entscheidungen zurück, die zu jener Zeit so gut wirkten, und dann begreifst du, wie schwer es all die Jahre für deine Mutter gewesen sein muss, als sie auf sich allein gestellt Kinder aufzog, ohne dass ihr jemand dabei half, den weiteren Kurs festzulegen.

Genau da wird dir klar, was das Schlimmste am Singledasein ist, wenn man älter wird. Es sind die Entscheidungen, die du triffst, speziell die schlechten. Stur, unabhängig, abgeschottet, in den eigenen Gewohnheiten festgefahren, schlägst du einen heillosen Weg nach dem anderen ein, ohne dass dich jemand zurechtweist. In Beziehungen ist für dich der Zusammenhalt immer am wichtigsten gewesen, der Umstand, dass du eine*n Mitspieler*in hast, die*der für deine Seite kämpft, aber zum ersten Mal in deinem Erwachsenendasein hast du das Gefühl, dass du schon viel zu lange allein rumgemurkst hast und dass du nicht mehr weißt, wie man eine andere Person an sich heranlässt. Als dir das klar wird, ergreift dich ein quälender Schmerz.

Deine Probleme sind unbedeutend im Vergleich zu jenen, über die du täglich liest und schreibst. Du bist kein*e Flüchtende*r, die*der über mehrere Grenzen flieht, du bist kein*e Aktivist*in in einem autoritären Staat, du lebst nicht an der vordersten Front des Klimakollapses. Nein. Du musst mit der furchtbaren Wahrheit leben, dass deine Unannehmlichkeiten selbst verschuldet sind, dass du dich in diesem Zustand finanzieller Prekarität wiederfindest, weil du dich dafür entschieden hast. Das ist deine Strafe, die still zu ertragen ist, und deshalb hältst du den Mund.

Dieses Jahr ist in gewissem Maße schwierig für dich. Endlich unterschätzt du die langfristigen finanziellen Entscheidungen nicht mehr, die du getroffen hast. Einige deiner besten Freund*innen feiern dieses Jahr in London ihren vierzigsten Geburtstag, und du kannst es dir nicht leisten, dorthin zu fliegen und sie zu besuchen. Du verdienst nicht genug. Mit fast vierzig Jahren, und nachdem du Tausende von Kilometern gereist bist, Hunderte von Jobs erledigt hast, kannst du keine Zeit mit einigen jener Menschen verbringen, die du am meisten liebst. Es vergeht keine Woche, in der du nicht in den Spiegel im Flur schaust und denkst, *Mein Gott, was habe ich getan. Was zum Teufel habe ich getan.*

***

Du, der Gentrifizierer, bist jetzt gentrifiziert worden.

Berlin ist eine Stadt, die zu atmen weiß. London weiß es nicht – es hat seine Lungen mit Wolkenkratzern vollgestopft. Berlin, nur niedrige Gebäude und breite Straßen, hat bessere Atemwege. Eines Tages brauchst du mehr Luft als normalerweise, also gehst du hinaus in Richtung Westen, an den Rand der Stadt, an den Wannsee. Du gehst hinunter zu der nicht vollgestopften Uferzone und schaust hinüber auf das umgebende Bundesland Brandenburg und wunderst dich darüber, wie diese Stadt versucht hat, dich anzulügen. Bevor du herkamst, dachtest du, sie bestünde vornehmlich aus Hedonismus, Teilungen und unwirtlicher Architektur; jetzt erkennst du, dass Berlin wie ein introvertierter Mensch ist, der sich verbissen als extrovertierter verkleidet.

Wie viele Menschen entscheidet Berlin vieles spontan, unsicher, ob es wohlwollend oder wütend sein soll; hier kannst du einem in zutiefst finstere Blicke gehüllten Lächeln begegnen. Das Leben hier wird rücksichtslos improvisiert, wie eine wilde Jamsession. Wenn Berlin Musik wäre, dann wären seine innersten Straßen Free Jazz, ein ungezügelter Wirrwarr aus Gliedmaßen; die Ortsteile Zehlendorf und Steglitz wären ein schwermütiger Klavierauszug. Vielleicht sollten sich an jedem Bahnhof die Türen der Bahn zum Riff einer Musikrichtung öffnen, die am besten zu der Gegend passt, wobei das einzige Problem wäre, dass man alle paar Monate die Playlist ändern müsste. Nach allem, was man so hört, war der Prenzlauer Berg früher Trap, ist jetzt aber klassisch.

Dieser Tage fällt dir das Atmen in der Stadtmitte ein wenig schwerer. Noch vor vier Jahren hattest du eine Lieblingsecke in einem Café, die nie besetzt war. Jetzt ist sie fast immer belegt, und in dieser Zeit ist der Preis des besten Gerichts auf der Karte von sechs auf neun Euro angestiegen. Du vermutest, dass du dieses Gericht quasi im Alleingang gentrifiziert hast – es gab eine Zeit, wo du fast jede Woche dorthin gegangen bist und es bestellt hast, zartdünne Scheiben Rindfleisch drapiert auf Kochbananen mit Relish, und deine Gier danach ließ den Preis in die Höhe schnellen. In der Tat kannst du da drin kaum einen Sitzplatz bekommen, weil sie schon Stunden im Voraus reserviert wurden – dieser Zufluchtsort, wo du früher auftauchen konntest, stundenlang schreiben und dich dabei unermüdlich durch mehrere Tassen billigen Kaffees sowie die halbe Dessertkarte arbeiten.

Du, der Gentrifizierer, bist jetzt gentrifiziert worden. Was für eine Schande, dass ihr Gentrifizierer*innen nie eure Vorfahren getroffen habt, jene Menschen, die ihr vor Monaten und Jahren mit euren größeren Einkommen in billigere Gegenden abgedrängt habt; alle zehn Jahre solltet ihr ein Wiedersehenstreffen abhalten und bitter in Erinnerungen schwelgen, während ihr euch an euren Pappbechern mit Moscow Mule festhaltet und darüber mault, dass Vermieter*innen und Gewerbe dieser Stadt das Geld über die Gemeinschaft stellen. Am Ende des Abends solltet ihr euch in einer langen Linie aufstellen, und zwar in der Reihenfolge, in der sich eure Kaufkraft entwickelt hat, um Ansprüche auf die Stadt zu erheben; hinter euch wird der Homo erectus stehen, vor euch der Tech Bro. Ihr hofft, dass er den Anstand besitzen wird, die Drinks zu zahlen.

***

Wie man mit dem Hochstaplersyndrom umgeht, Teil eins.

Hier ist einiges von dem, was du dir wöchentlich, manchmal sogar täglich, sagst:

* *Du großer, dämlicher, hässlicher Trottel.*
* *Du bist ein Witz.*

* *Sieh dir die dämlichen Entscheidungen an, die du getroffen hast, deswegen bist du nicht liebenswert.*
* *Du bist eine verdammte Schande für deine Familie, du beschämst dich selbst.*
* *Sieh dir die katastrophalen Entscheidungen an, die du in Geldfragen getroffen hast.*
* *Sieh dir an, wie du dein Talent vergeudet hast.*
* *Die Menschen, die dir nahe genug gekommen sind, um dich zu lieben, bemitleiden dich letztlich.*
* *Wenn du so talentiert bist, wie kommt es dann, dass sich all deine besten Ideen in Scheiße verwandeln.*

Wenn du etwas von Selbsthilfe verstehen würdest, würdest du mit obigen Sätzen etwas Dramatisches und Symbolisches anstellen, etwa sie auf einen leeren Zettel schreiben und dann den Zettel in Brand setzen. Dann würdest du einen anderen leeren Zettel hernehmen und jedes Kompliment aufschreiben, dass dir deine Freund*innen in der letzten Woche gemacht haben: Dann würdest du Fotokopien von diesem Blatt mit Komplimenten anfertigen und sie in verschiedenen Bereichen deiner Wohnung an die Wand heften: eine über deinem Schreibtisch, eine über deinem Badezimmerspiegel, eine über deinem Küchentisch, eine über dem Spiegel neben deiner Eingangstür. Wenn du etwas von Selbsthilfe verstehen würdest, würdest du dich jeden Tag daran erinnern, dass du ein guter Mensch bist, dass du ein liebenswürdiger Mensch bist, dass du wertvoll bist.

Du würdest diese Zettel so lange lesen, bis du jedes Wort darauf glauben würdest.

Aber du tust das nicht, weil du nichts von Selbsthilfe verstehst: Du bist schlicht hart im Nehmen. Und deshalb wartest du, bis du von Reue überwältigt wirst, vergräbst dann das Gesicht in deinem Kissen und weinst, bis deine Augen trocken bleiben. Dann schläfst du, du wachst auf, und du machst weiter.

***

Du bist schließlich missgünstig.

Du bist schließlich missgünstig. Du bist schockiert, dass du dich schließlich diesem Gefühl hingegeben hast, aber so ist es nun einmal. Missgünstig, nicht bloß neidisch: Du verlangst nicht nur danach, was jemand anderer besitzt, du verübelst ihnen, dass sie es besitzen. Du widerst dich selbst zutiefst an – und schlimmer noch, du bist enttäuscht. Du dachtest, du würdest es besser wissen. Aber wie könntest du es besser wissen? Während dein vierzigster Geburtstag näher rückt, siehst du dich um, und du bist umgeben von Menschen, die jemand anderen gefunden haben, der eine intime Beziehung mit ihnen eingehen will, die Jahre darauf verwendet haben, mit ihnen ein Leben aufzubauen. Du fragst dich, warum du so jemandem noch nicht begegnet bist, oder ob du sie*ihn in deiner Eitelkeit weggestoßen hast oder noch nicht einmal bemerkt hast.

Du bist so einsam, dass du das Gefühl hast, dein Herz könnte zerspringen. Warum, fragst du dich, hat sich niemand für dich entschieden? Du gehst nach Hause, und um ein Uhr nachts – du warst aus und bist nun wieder zurück – stehst du vor dem Badezimmerspiegel, und du betrachtest aufmerksam dein Gesicht. Bin ich hässlich? Ist meine Haut zu aufgedunsen und dunkel, habe ich zu viel Bauch? Es ist meine Schuld, ich bin nicht in der besten Form. Liegen meine besten Zeiten hinter mir, bin ich zu alt? Wenn dich Leute dieser Tage attraktiv finden, empfindest du Dankbarkeit dafür, dass sie dir so viel Aufmerksamkeit schenken. Dein mangelnder Erfolg in romantischer Hinsicht hat dich derart ermattet, dass du jetzt daran zweifelst, ob du die Gelegenheit zu lieben erkennen würdest, wenn sie dir geboten würde.

Warum arbeitest du immer so hart, fragen Freund*innen. Und du bringst es nie über dich zu antworten: Je mehr ich arbeite, umso weniger Zeit habe ich, über das Alleinsein nachzudenken. Aber wenn du so viel arbeitest, wirst du nie jemanden treffen, sagen sie. Ja, denkst du. Das ist mittlerweile das Ziel all der Aktivität. Ich denke, du hast eine zu idealistische Vorstellung davon, was Liebe ist, stellt eine Freundin fest. Du willst, dass alles perfekt ist; hättest du eine realistischere Vorstellung von ihr, würdest du sie vielleicht finden.

Also erzählst du ihr, was für dich Liebe ist. Du denkst: Liebe, das sind die kleinen Dinge. Der stundenlange Spaziergang, den du samstagnachmittags mit deinem Herzensmenschen am See machst und dabei einfach nur zuhörst. Ihm ein warmes Bad einzulassen und ihm sowie dir selbst zu versprechen, dass du immer die beste Person sein wirst, die du sein kannst. Liebe ist, vorausschauend zu denken und deinem Herzensmenschen aktiv dabei zu helfen, glücklich zu sein – ein Überraschungsdinner für ihn zu planen für den Tag, an dem er in sechs Monaten seine Prüfungen ablegen wird. Für ihn dankbar zu bleiben, nicht aufzuhören, ihm für die gleichen Dinge zu danken, wie du es getan hast, als du ihn zum ersten Mal getroffen hast.

Oh, sagt deine Freundin.

Ich weiß, was Liebe ist, sagst du sanft zu ihr. Ich hätte nur gerne eine Chance auf sie.

***

*Erfolgreiche Abenteurer*innen.*

Wenn die Kernfamilie explodiert, ist Berlin der Fallout: Es ist das Feld, das den ersten Staub vom Atompilz auffängt. Diese Stadt besteht aus einer Armee von Sonderlingen, und vielleicht ist das einer der Gründe, warum du hier so schnell Freund*innen findest: Weil die Leute es derart eilig haben, sich etwas Besseres aufzubauen als das, worin sie aufgewachsen sind. Diejenigen unter deinen Freund*innen, die ein sehr enges Verhältnis zu ihren Familien haben, wirken – als die Einzigen, die ihre Herkunftsstädte oder Herkunftsländer verlassen haben – dennoch wie Außenseiter*innen. Deswegen ist ihre Gesellschaft so beglückend, denn sie alle haben die Energie erfolgreicher Abenteurer*innen. Deine Freund*innen sind großartig, und du glaubst, dass sie deine

Belohnung dafür sind, die Reise angetreten zu haben. Allein schon innerhalb der Truppe deiner örtlichen Amateurfußballmannschaft gibt es Spieler, die in Argentinien, Afghanistan, Australien, Brasilien, Kanada, Frankreich, Italien, Irland, Spanien, der Türkei aufgewachsen sind. Es ist etwas Besonderes, jede Woche in eine Umkleide zu kommen und von einer Gruppe der besten Menschen begrüßt zu werden, die du je getroffen hast.

Du bist diesen Freunden zufällig begegnet. Du warst eines Tages in den sozialen Medien unterwegs und hast gesehen, dass jemand für ein interessantes Start-up in Berlin arbeitete, also hast du ihn gefragt, ob er Lust hätte, einen Kaffee trinken zu gehen. Nachdem ihr euch auf Anhieb verstanden habt, habt ihr euch in diversen Kneipen gemeinsam etliche Fußballspiele angesehen, und dann lud er dich zum Training mit seiner Mannschaft ein. Wie dein neuer Freund dir später erzählt, verlief das Gespräch zwischen ihm und deinem neuen Trainer folgendermaßen:

Taugt er etwas?

Das weiß ich nicht, sagte dein neuer Freund, aber über Fußball reden kann er.

Dein Probespiel läuft gut, und du wirst in die Truppe aufgenommen. Du bist nicht so schnell wie früher, und die meisten deiner Mitspieler können besser mit dem Ball umgehen als du. In früheren Mannschaften warst du in der Regel einer der begabteren Spieler gewesen, aber hier bist du einer der am wenigsten begabten. Aus irgendeinem Grund macht es dir deshalb nur umso mehr Spaß. Schließlich, überlegst du, seid ihr alle in dieser Mannschaft, um das Gleiche aufzubauen. Und wenngleich du nicht der Stararchitekt sein magst, ist es ebenso wertvoll, Ziegelsteine zu verlegen.

Du liebst deine neue Fußballmannschaft so sehr, und vielleicht solltest du besser darin werden, es ihnen auch mitzuteilen. Sie sind eine Galaxie aus Aktivisten, Künstlern, und einfach nur gute Menschen. Vielleicht entsprechen ihre Positionen ihren Persönlichkeiten; da ist ein Wissenschaftler als Innenverteidiger, ein Ökonom als defensiver Mittelfeldspieler und ein Koch als Mittelstürmer. Dann bist da du, auf der Bank, ein alternder Stürmer, immer noch Opportunist, immer noch Ausschau haltend nach diesen zwei Minuten, in denen man die Rettung sein kann, die Show stehlen, oder beides.

***

Wie man mit dem Hochstaplersyndrom umgeht, Teil zwei.

Du hast eine Lösung gefunden – vielleicht eine vorläufige, vielleicht eine dauerhafte, du weißt es nicht, aber du wirst sie erproben. Sie besteht darin, jeden Morgen zu dir selbst zu sagen:

Stell dir vor, was du tun würdest, wenn du selbstbewusst wärst, und dann tu es.

Es ist eine hervorragende Methode, um dich selbst zu überlisten, produktiv zu sein. Du kontaktierst ein Unternehmen und fragst nach einer möglichen Zusammenarbeit mit dir, du schreibst einen Produzenten an und fragst nach einem Beat, du fragst jemanden nach einem Date. Das Unternehmen ist sehr angetan, der Produzent lehnt höflich ab, und das potenzielle Date sagt zu. Aber am wichtigsten ist, dass du gefragt hast – du hast dir selbst eine Chance gegeben. Eines Abends kommst du nach Hause, und du siehst die Zettel auf deinem Spiegel im Flur, an deiner Küchenwand. Du hast viel zu bieten, steht da. Du kannst es schaffen, steht da. Ja, habe ich, denkst du, und ja, kann ich.

***

Dein Abschlussritual.

Es ist Jahre her, seit sich deine erste Partnerin in Berlin von dir getrennt hat, und du beschließt, dass es endlich Zeit ist, diesen Schmerz hinter dir zu lassen. Als Teil deines Abschlussrituals gehst du in die sozialen Medien und entblockst sie. Das erste Foto, das du auf ihrer Seite siehst, wurde ein Jahr nach dem Ende eurer Beziehung aufgenommen. Es ist ein Bild von ihrer Hochzeit, auf der sie gerade jemanden geheiratet hat, der dir so ähnlich sieht, er könnte dein Cousin ersten Grades sein. Sie haben irgendwo in Westafrika geheiratet, und du fragst dich, ob sie einander kannten, als ihr noch zusammen wart, oder ob sie aus Europa weggelaufen ist und eine glücklichere Version ihrer selbst gefunden hat.

Zu deiner Überraschung weinst du, und dann passiert etwas noch Erstaunlicheres: Als du aus dem Fenster schaust und über das nahe gelegene Gebäude hinweg, fühlst du, wie etwas in die Mitte deiner Brust zurückschnappt, als ob jemand einen Gegenstand losgelassen hätte, der an einem Gummiband befestigt war. Du schläfst etwas mehr als eine Stunde, und als du aufwachst, ist all der Schmerz verschwunden.

***

Eine dünne Staubschicht.

Es ist an der Zeit, dass du eine Therapie machst. Du weißt es, weil sich jeden Morgen, wenn du aufwachst, die Bettdecke auf deinem Brustkorb so schwer anfühlt wie eine Kommode. Unfähig, dich zu bewegen, würdest du mit Freuden dort liegen bleiben, bis dein Geld knapp werden würde. Das letzte Mal hast du dich dauerhaft so gefühlt in dem Jahr, nachdem du von der Universität abgegangen warst; damals sagte dir deine Ex-Freundin, dass es Tage gebe, an denen deine größte Leistung darin bestünde, einfach nur aufzustehen.

Du musst eine Therapie machen: Du weißt das, weil du langsamer geworden bist, und du hast nichts gesehen, das dich ermutigt hätte, wieder schneller zu werden, und weil in deiner Wohnung jetzt alles von einer dünnen Staubschicht bedeckt ist. Die meisten deiner Bekannten haben dies nicht bemerkt, denn du bist auf ungesunde Art gut darin vorzutäuschen, dass du immer noch mit Vollgas unterwegs bist. Aber die Anzeichen mehren sich, und das musst du zur Kenntnis nehmen.

TEIL ZWEI:
Schwarze Schwerkraft

Je nachdem, wohin Mohammed ging in Berlin,
fielen seine Verletzungen anders aus.
Auf der Warschauer Straße,
auf der Brücke mit Blick auf die Bahn,
verstauchte er sich den linken Knöchel;
als er im Treptower Park spazieren ging,
renkte er sich das rechte Handgelenk aus;
in Spandau plagte ihn ein krampfendes Magengeschwür.
In anderen Teilen der Stadt fielen seine Wunden
dramatischer aus.
Er vermied die Sonnenallee,
denn dort hatte er sich vor drei Jahren,
indem er einfach nur an einer Kreuzung stand,
die Nase gebrochen.
Er blieb auch dem Senefelderplatz fern,
denn dort hatte er eine Schädelfraktur erlitten,
just nachdem er aus der U-Bahn stieg.
An dem Tag war niemand nahebei gewesen;
es war, als ob die Luft ihn angegriffen hätte.
Er missfiel jedem Kiez in dieser Stadt, so schien es.
Seine Freund*innen, erst belustigt, dann besorgt
wegen seiner Leiden in endloser Folge,
schlugen vor, er solle sich behandeln lassen
von Heilern oder Hellsehern,
etwas, um die bösen Geister zu vertreiben,
die innerhalb der Grenzen dieser Stadt

ihn zu umdrängen schienen.
Nichts half, bis er auf die Praxis eines
Schwarzen Arztes stieß,
eines fröhlichen Manns mittleren Alters aus Hamburg,
dessen Bart so neckisch grau war wie
der Staub des Meers, die Gischt.
Des Arztes Diagnose war, gelinde gesagt, kühn;
er sagte, in Berlin herrsche für jene
mit afrikanischen Wurzeln anderes Wetter,
deswegen bringe dessen Wind ihm Wunden,
rege dessen Regen Blutergüsse an auf seiner Haut.

Obwohl die meisten Mediziner*innen
diese Ansicht gering schätzten,
folgerte Dr. Oppong, Geschichte sei atmosphärisch,
die Luft über einer Stadt trage die Erinnerung
an alte Gräuel in sich.
Er glaubte, aufgrund seiner umfangreichen Studien,
rassistische Unterdrückung sei genau das:
eine Form des Drucks,
eine physische Kraft,
die Schwarze Menschen bestürme,
sobald sie aus der Haustür träten,
etwas, was man messen könnte oder spüren,
wie eine Temperatur.

Dr. Oppong nannte es *Schwarze Schwerkraft*;
er erzählte Mohammed,
ihre Stärke falle innerhalb Berlins verschieden aus,
deshalb würden einige Bereiche ihm
mehr Schmerz bereiten als andere.
Schwarze Schwerkraft, sagte Dr. Oppong,
sei am stärksten an den Orten, wo man es nicht erwarte;
Patient*innen berichteten von Leiden
nicht nur in Marzahn, Neukölln-Süd oder Köpenick,
sie sprachen von Jobinterviews in Mitte, die sie mit
geplatztem Trommelfell verließen,
von Schlangen in Kreuzberger Supermärkten,
aus denen sie mit punktierter Lunge kamen.
Schwarze Schwerkraft, so entdeckte Dr. Oppong,
war am ärgsten an den Wochenenden,
wo die Neonazis aufmarschierten;
an den Montagen darauf
fanden sich gewöhnlich in seiner Praxis
Kinder ein mit frischen Narben,
mit striemenblauen Augen.
Eines Nachmittags ging Dr. Oppong
mit Mohammed zu der Stelle,
wo die Berliner Konferenz stattfand;
dieses Forum von achtzehn-vierundachtzig,
wo Teile Afrikas an Anwesende ausgegeben wurden,
ein ganzer Kontinent in hämische Hände gedrückt.
Zieh eine dicke Jacke an, riet Dr. Oppong,
und bald verstand Mohammed, warum;
denn an dem Nachmittag, als sie an
ebendieser Stelle standen,

fühlte es sich an, als ob der klare Himmel
eintrommelte auf ihre Schultern,
als ob von den Dächern Platten aus Stein
auf sie geworfen worden wären;
ihre Mäntel dämpften die Schläge,
ersparten ihnen splitternde Knochen.
Allerlei namhafte akademische Journale
verunglimpften Dr. Oppongs Ansichten,
meinten, dass Schwarze Schwerkraft Voodoo sei,
dass wetterbasierte Verletzungen ein Mythos seien,
dass man von einer xenophoben Stimmung
nicht verwundet werden könne.
Dr. Oppong seufzte, faltete seine Notizen zusammen
und bemerkte leise, dass er wisse, was er wisse;
dass, wo immer sich ein rechter Arm
aus- und in die Höhe strecke,
die Atmosphäre ringsumher nicht milde bleiben könne;
dass Trauma täglich von den Straßen hinauftreibe,
und in den Wolken und Nebeln lebe herum um uns.
Auf diese Weise ist Geschichte für immer unter uns,
brodelnd, strotzend –
und vielleicht, so wir ihr Gewicht beherzigen,
sogar belehrend.

Diesmal also kein Voodoo.

Du hast eine Therapie bei Dr. Oppong angefangen, der dir von einem deiner ältesten Berliner Freunde empfohlen wurde. Dr. Oppong, ein gebürtiger Hamburger, lebt nun im Westen Berlins, was wahrscheinlich aus seiner Sicht – so weit im Osten Deutschlands – Hamburg am nächsten ist. Er trägt eine große Brille, hat volle Wangen und einen durch und durch grauen Bart, die zusammengenommen sein Gesicht auf beruhigende Weise freundlich und weise wirken lassen. Dein Freund hat dir erzählt, dass man mit Dr. Oppong besonders gut über Traumata sprechen kann und, was etwas mysteriös wirkte, dass er manchmal traditionellere Heilmethoden bevorzugt, dass er eine sehr andere Sicht auf die Welt hat. Als du deinen Freund fragst, was er damit meint, bleibt er besonders vage und sagt lediglich, dass dir Dr. Oppong von diesem Aspekt seiner Arbeit erzählen wird, wenn er dir davon erzählen will, du aber kannst ihn auf keinen Fall danach fragen. Er spricht nur ungern mit jenen darüber, die nicht offen dafür sind.

Okay, sagst du, das klingt schräg. Er klingt wie ein Wunderheiler. Zunächst mal, was ist an Wunderheilern auszusetzen, sagt dein Freund, spotte nicht über etwas, worüber du nichts weißt. Außerdem kann ich ihn nur wärmstens empfehlen. Er ist ein ausgezeichneter Therapeut, und er ist genau die richtige Person, um dir bei dem zu helfen, was du gerade durchmachst.

Ja, aber das mit den traditionellen Heilmethoden, sagst du, da bin ich mir nicht sicher. Du musst dir da nicht sicher sein, sagt dein Freund, und wenn du dich deswegen derart unsicher fühlst, werde ich für deine erste Sitzung bezahlen. Weil du in diesem Monat etwas knapp bei Kasse bist, nimmst du an.

Deine Sorge war unbegründet. Dr. Oppong ist wunderbar. Sobald du sein Apartment betrittst – überall Holzfußböden und -stühle, in einer ruhigen Allee nur wenige Schritte vom Bahnhof entfernt –, fühlt es sich an wie das Wohnzimmer deiner Lieblingstante.

Auch weiß er, wann er dich reden lassen und wann er dich unterbrechen muss, und das muss er, da du sonst die ganze Sitzung über in einem einzigen endlosen Satz reden würdest. Es war dir nicht klar, wie dringend du über alles, was in deinem Inneren vorgeht, reden wolltest. Wenn er etwas vorschlagen will, nickt er einfach, und alsbald verlangsamt sich dein Mund, die Jahre unausgesprochenen Schmerzes kommen auf deiner Zungenspitze bebend zum Stillstand. Du erzählst ihm, wie du gern vorgehen würdest: Dass du ihm eine lange und komplexe Familiengeschichte darlegen könntest, aber allein dafür würdest du sechs Monate brauchen. Stattdessen, sagst du, möchtest du dich einmal pro Monat treffen und das Intensivste diskutieren, was du in diesem Monat empfunden hast, und dann von da aus zurück arbeiten. Dr. Oppong meint, ja, das klingt gut.

Du redest und redest und redest, bis deine Zeit fast vorbei ist, während Dr. Oppong deinen Monolog in die eine oder andere Richtung stupst. Du erzählst ihm, du hättest etwas, was sich nicht wie eine Krise in der Mitte, sondern wie eine Krise am Ende des Lebens anfühle, dass du oft denkst, du wirst tot umfallen, bevor du das Alter deines Vaters überschreitest, dass du nicht sicher bist, was du tun wirst, falls du dieses Alter überschreitest, dass es Zeiten gibt, da du eine Aufnahme deiner eigenen Stimme hörst und in Tränen ausbrechen möchtest, denn du hast den gleichen Akzent wie die Politiker, die dein Land auseinanderreißen, und du hoffst, dass die Leute, wenn sie dir zuhören, nicht jene Politiker in dir hören, dass es dich beunruhigt, dass es Orte in deiner Stadt gibt, wo du nach Einbruch der Dunkelheit nicht unterwegs sein kannst, Orte anderswo in diesem Land, wo man dich sofort angreifen würde, Orte, wo –

Schließlich, als noch fünf Minuten übrig sind, nickt er ganze fünf Sekunden lang, wie um einen allerletzten Punkt hinter allem zu setzen, was du gesagt hast. Dann gibt er seine Einschätzung ab. Angst, sagt er, so viel von dem, was Sie tun, ist gekennzeichnet durch Angst. Die Angst, Ihrem Vater nicht gerecht zu werden, Angst vor Rassismus, Angst vor Homophobie, Angst vor Einsamkeit, Angst vor Liebe. Wir werden versuchen, Ihnen etwas von dieser Angst zu nehmen.

Allein schon seine Worte sind eine Erleichterung. Manchmal gibt es nichts, was das Leben mehr verändert, als eine

Diagnose, die du schon lange kennst, von jemand anderem zu hören.

Was sollte ich Ihrer Meinung nach tun, fragst du.

Kümmern Sie sich um Ihr privates Ich, sagt er, gönnen Sie sich Ihre eigene Gesellschaft. Setzen Sie sich den sozialen Medien weniger aus, zu viel Zeit dort verstärkt scheinbar Ihre Angst; die Angriffe durch Fremde, das Antizipieren von Hass. Und hören Sie auf zu versuchen, es allen recht zu machen – es wird Zeiten geben, in denen Leute Sie nicht leiden können, weil Sie das tun, was für Sie richtig ist, und das ist in Ordnung.

Später an dem Abend schickt dir dein Freund eine Kurznachricht und fragt, wie es war, mit dem Doktor zu reden.
Es war sogar sehr gut, antwortest du.
Diesmal also kein Voodoo?, sagt dein Freund.
Nein, kein Voodoo, antwortest du, leider.

***

Der Hass ist ganze vier Stunden entfernt.

Vier Stunden und fünf Minuten: So lange wird es dauern, bis der Hass dich erreicht. Du hast gerade die Videos von den in Ostdeutschland marschierenden Neonazis gesehen, und ein Bild hat dich besonders bestürzt: der Mann mit der großen Tätowierung im Nacken. Die Tätowierung zeigt die Nummer 88, ein numerisches Symbol für *HH*, beziehungsweise *Heil Hitler*. Zuerst warst du erstaunt, es dort zu sehen, mit schwarzer Tinte gestochen in fetter Schrift: Dass sich Menschen dem Hass derart verschreiben können, dass sie ihn sich für alle Zeiten ins eigene Fleisch stanzen lassen. Und dann hast du auf deine dunkle Haut herabgeschaut und gedacht: *Wie lange würde ein Mensch brauchen, der mich so sehr hasst, um mich zu finden?* Und dann bist du ins Internet gegangen, um die Entfernung zwischen dem Ort, an dem er in dem Moment stand, und dem, wo du saßt, zu berechnen, und du hast die Antwort gefunden: vier Stunden und fünf Minuten. Um dich zu erreichen, die Treppen hochzurennen, deine Wohnungstür zu durchbrechen, müsste er in einen Bus springen, dann 150 Meter sprinten, dann brütend in einem Zug sitzen, bis dieser in einen der zentralen Berliner Bahnhöfe einführe. Er würde dann den Rest des Wegs zu Fuß zurücklegen, dabei vermutlich immer zorniger werden und schließlich deinen furchtbar fremdländischen Nachnamen auf der Klingel im Erdgeschoss sehen, was ihn auf die letzte Stufe der Raserei katapultieren würde. Diese Migranten, würde er denken, kommen hierher und nehmen uns unsere Wohnungen, unsere Jobs, unsere Frauen.

Immer ihre Frauen. Es geht immer, immer um ihre Frauen. Falls er an deiner Tür anlangt, falls er schließlich deine Wohnung betritt, dann wirst du nicht genug Zeit haben, ihm in deinem stockenden Deutsch zu sagen, dass die Frauen dieses Landes vor deinen Annäherungsversuchen ziemlich sicher sind, dass laut deiner umfangreichen Erfahrung mit der Berliner Dating-Szene du weder attraktiv genug oder als Don Juan geschickt genug noch mit Blick auf deine Herkunft verlockend genug bist, um ihre Zuneigung in irgendeinem tiefer gehenden Maße zu gewinnen. *Du bist hier, um uns die Frauen wegzunehmen*, wird er dich beschuldigen, falls er eine Pause macht, bevor er ein möglicherweise tödliches Ausmaß an Gewalt entfesselt. Vielleicht wird er lachen, solltest du in der Lage sein zu erklären, dass du nur hergekommen bist, weil du dir hier ein ruhigeres Leben erhofft hast.

Vier Stunden und fünf Minuten. Was kannst du tun, während er auf dem Weg zu dir ist? Die Zeit reicht kaum dazu aus, deine erste Kampfsportstunde zu organisieren und zu absolvieren. Vielleicht kannst du ein bisschen von dieser freien Meinungsäußerung praktizieren, von der dir so oft gesagt wird, sie sei so effektiv, und versuchen, seinen tief in den Knochen sitzenden Groll durch geduldigen, logischen und sachlich-rigorosen Diskurs zu entkräften. Am praktischsten ist es, wenn du eine Bleibe bei Freund*innen organisieren kannst, während du nach einer alternativen Unterkunft suchst, entweder anderswo in Berlin oder im Ausland.

Aber du wirst das nicht tun. Am realistischsten ist, dass du nicht anfangen wirst, in Vorbereitung auf ein hoffentlich leichteres Leben in wärmeren Gefilden Portugiesisch zu üben. Du wirst tun, was du immer tust, wenn deine Hautfarbe sich wie eine existenzielle Bedrohung anfühlt: Du wirst einen entkräfteten Seufzer ausstoßen und dein Leben weiterleben, auch wenn der besorgte weiße Freund, den du heute Nachmittag getroffen hast, sich darüber wundert, dass du noch nicht in den anschwellenden Wassern des Rassismus ertrunken bist. Ja, natürlich ist es besorgniserregend. Aber du hast hier einen vielversprechenden neuen Anfang gemacht, und du hast Arbeit zu erledigen.

***

Die Leere, die in dir gedeiht.

All das, was Sie machen, sagt Dr. Oppong eines Tages, das Leben, das Sie führen. Es muss einsam sein?

Du denkst darüber nach, und du stellst fest, dass du sogar im Kreis deiner Freund*innen, die die meiste Zeit Single sind, derjenige bist, der am häufigsten unverpartnert ist. Das fühlt sich für dich wie ein natürlicher Zustand an, und du fragst dich, warum das so ist. Vielleicht warst du darauf vorbereitet. Du hast deiner Mutter, einer Kriegswitwe, dabei zugesehen, wie sie dich und deine Geschwister ganz allein aufzog, und möglicherweise hast du einfach angenommen, dass die Dinge so laufen. Jahrelang bist du nach einem langen Tag des Hochgefühls und der Enttäuschung nach Hause gekommen, und da war niemand, der dort auf dich wartete.

Du erwähnst das ein paar Freund*innen gegenüber, und sie scheinen dich besser zu verstehen als du dich selbst. Aber du bist doch auf einer Reise, sagt einer von ihnen. Du hattest befürchtet, er würde so etwas sagen – dass dein endloses Streben nach etwas Unbestimmtem bedeute, dass du nicht für ein konventionelles Leben geschaffen seist, nicht einmal für eines, in dem du am Ende eine*n Gefährtin*Gefährten hättest. Du traust dich nicht, das laut auszusprechen – es ist deprimierend genug, wenn du es tippst –, aber du hoffst, dass du irgendwo ankommst, bevor du stirbst, du hoffst, dass du eines Tages dieses Gefühl von Zuhause hast.

Oder vielleicht ist dies dein Gefühl von Zuhause – diese Unbeständigkeit, das unentwegte Reisen. Letzte Nacht hast du den Fernbus von Hamburg zurück nach Berlin genommen, nach einem weiteren Tag des Arbeitens an Musik – die Fahrt dauerte dreieinhalb Stunden, lang genug, damit du entweder in den Schlaf oder in sorgsames Nachdenken ab- und wieder daraus auftauchen konntest. Es gibt einen Teil von dir, der am glücklichsten ist, wenn er aus dem Fenster eines schnell fahrenden Busses oder Zuges schaut, den Blick auf die weiten freien Felder heftet, die vorbeirasen, staunt und Schmerzen leidet angesichts derselben Leere, die in dir gedeiht.

***

Von der Romantik zur Anthropologie.

Du weißt, dass deine Bisexualität die Leute abschreckt, aber das macht es keineswegs weniger schmerzhaft, wenn es passiert. Man wird dir sagen, dass die fragliche Person einfach nicht die richtige für dich war, aber das ist kein

Trost, wenn sich ein vielversprechendes erstes Date vor deinen Augen in nichts auflöst. Oh, sagt sie*er – diese einzelne Silbe in einem so ominösen Ton –, sobald ihr*ihm klar wird, dass du sowohl Männer als auch Frauen gedatet hast. Du weißt, dass euer erstes Date in diesem Moment von der Romantik zur Anthropologie übergegangen ist, dass es von einem Beisammensitzen mit jemandem, den sie*er mögen könnte, zu einem mit jemandem übergegangen ist, den sie*er nicht im Entferntesten versteht. Du bist nicht länger ein aufregender Verstand und frisches, unerforschtes Fleisch, aus dir ist ein Objekt der Neugierde geworden, das nervös untersucht wird. Du erahnst diesen Wendepunkt jedes Mal, und du verabscheust ihn umso mehr.

Wann sagst du ihnen, dass du bisexuell bist? Es gibt darauf keine gute Antwort. Du kannst es ihnen auf der Dating-Seite mitteilen, aber wenn sie eine negative Vorstellung davon haben, wer du bist, dann werden sie dich nicht einmal treffen. Oder du kannst warten, bis du sie persönlich triffst, und dann hoffen, dass sie dich beim Wort nehmen: Dass du eine sanftmütige und aufmerksame Seele bist, die nicht mit jedem Geschlecht ins Bett hüpft, das dir die Gelegenheit dazu bietet. Es gibt keine guten Antworten. In diesen Momenten beneidest du heterosexuelle Menschen und homosexuelle Menschen ebenso. Du beneidest sie um die Gewissheit, mit der sie betrachtet werden. Du weißt, wen du willst, was du willst, aber die Welt glaubt dir häufig nicht – und, was entscheidend ist, noch tut es dein Gegenüber bei diesem ersten Date.

Für kurze Zeit ist dies niederschmetternd, und du hast aufgehört, die einsamen Fahrten nach Hause zu zählen. Dein einziger Trost ist der kurze Blick, den du dir selbst am Ende des Abends im Badezimmerspiegel zuwirfst; es ist jedes Mal der gleiche. Der gleiche Blick, der sagt, nein, das ist nicht der Mensch, der die Reise mit dir antreten kann. Aber es ist okay, es ist okay. Dieser Mensch wird kommen, sie*er wird kommen.

***

Feiere jede Rechnung.

Du hast deinen Kontostand monatelang nicht kontrolliert, denn du hast Angst davor, was du dort vorfinden wirst – oder nicht –, wenn du es tust. Über ein Jahr war der längste Zeitraum, während dessen du dies nicht getan hast, und du hast längst gelernt, dass das Nachsehen ein fast überwältigendes Gefühl entweder von Erleichterung oder Erschrecken bei dir auslöst. Es ist am besten, beide Extreme zu vermeiden, also entscheidest du dich fürs Nichtwissen. Manchmal beschämt dich dein Geldmangel – am schlimmsten war dieses eine Mal, drei Jahre nach Beginn deiner künstlerischen Laufbahn, als du mit einer bemerkenswerten Person ein Date hattest und als die Rechnung kam, das Gerät deine Karte ablehnte. Dein Date war wunderbar – sie zahlte für euer beider Mahlzeiten, ihr seid immer noch befreundet. Aber den Moment, als das Gerät brummte und ein missbilligendes Seufzen ausstieß – den wirst du nie vergessen.

Was für eine merkwürdige Zeit das ist. Du könntest wahrscheinlich die Größe deiner Leserschaft in den sozialen Medien auf die Zehnerstelle genau angeben, aber den Betrag auf deinem Bankkonto könntest du nicht mal auf den nächsten Tausender genau angeben. Das liegt daran, dass du stets auf diesen einen Auftrag wartest, der dich aller finanziellen Sorgen entheben wird, den Tag, an dem du ein Werk von solch einzigartiger Brillanz erschaffen wirst, dass irgendjemand irgendwo sagen wird, ja, hier ist eine Summe Geldes, mit der du die Gesundheitskosten deiner Familie abdecken und dieses Solarenergieprojekt finanzieren und diese Anzahlung leisten und jemandem etwas bieten kannst, mit dem du dein Leben teilen willst.

Du begreifst langsam, mit der Zeit, dass dies die falsche Sichtweise ist, dass du es ruhiger angehen lassen musst, dass du deiner Kreativität mehr Raum geben musst, sich zu entwickeln. Du kannst nicht so viel Druck auf deine Feder ausüben. Du musst die kleinen Siege feiern – als du hier zweihundert Euro verdient hast, dort fünfhundert Dollar. Feiere jede Rechnung, die du pünktlich bezahlst, und proste dir bei jeder Rechnung zu, die du einreichst. Anders geht es nicht.

***

Behandle deine Einsamkeit wie einen Gast.

Die Einsamkeit stellt sich einmal pro Monat ein, und ist sie da, fühlst du dich, als ob dir ein unsichtbarer Faustschlag den Atem geraubt hätte. Normalerweise erscheint sie am Vormittag, wochentags, ungefähr vierundzwanzig Stunden nachdem du zuletzt einen anderen Menschen gesprochen beziehungsweise gesehen hast. Sie scheint sich dir nie zu unpassender Zeit aufzudrängen – nicht in einer Kneipe voller Fremder etwa, oder kurz vor dem Schlafengehen. Sie trifft dich stets früh, höflich, und gibt dir den Rest des Tages Zeit, mit ihr fertigzuwerden.

Wenn sie sich einstellt, bist du typischerweise an deinem Schreibtisch und lehnst dich gerade in einem Zustand leise rumorender Verzweiflung über eine Tastatur. Der Schlag sorgt dafür, dass du den Kopf etwas weiter nach vorne sinken lässt, zuerst aus Schmerz, dann aus Wiedererkennen – ach, du schon wieder – dann aus Kummer. Warum Kummer? Weil du weißt, dass das der monatliche Preis ist. Diese Einsamkeit ist die Belohnung und die Strafe dafür, dass du dem größten Teil dessen, wovor du davonläufst, entkommen bist. Du wirst natürlich nie allem entkommen – das weißt du. Es wird nie genug Picknicks im nachlassenden Licht einer Neuköllner Sonne geben, oder Lachen in einer freundlich beleuchteten Kreuzberger Hinterhofbar, um dich vollständig entfliehen zu lassen. Es wird nie leichter zu handhaben werden.

Aber dennoch – es ist furchtbar, oder? Auch wenn es das Beste ist, was du tun kannst. Entweder das oder du nimmst diesen Anruf von deinen Geschwistern an, oder versuchst, die Brücken zu deinen Cousinen und Cousins wieder aufzubauen, auch wenn es an dir sein wird, für das gesamte

Material zu bezahlen und den größten Teil der Bauarbeiten auszuführen. Dies also ist die Einsamkeit, und Berlin ist der beste Ort, sich ihr zu stellen – und ebenso, ihr zu entgehen. Denn Berlin ist im Grunde das Ende der Welt, zumindest was die Einsamkeit betrifft. Dies ist die Endstation vom Zug des Alleinseins, die, bei der der Schaffner euch allen zuruft: *Bitte aussteigen*. Hiernach kannst du nirgends hingehen, nirgends sanfter, nirgends brutaler, in kein größeres Chaos, nirgends, wo man auf dankbarere Weise anonym sein kann.

Gott sei Dank für Berlin. Hier kannst du dich in gleichermaßen einsame Menschen sinken lassen, eine Nacht um die andere; in ihre Arme, ihre Betten. Manchmal, wenn du sie hinreichend willkommen heißt, werden sie sich umschauen, ihre Stimme senken, dann ein fest zusammengeknülltes Taschentuch aus einer ihrer Taschen ziehen, es langsam entfalten und dir die funkelnden Bruchstücke darin zeigen. Schau, werden sie sagen. Das ist zerbrochen worden. Sobald sie das getan haben, wirst du sie sehr wahrscheinlich nie wiedersehen. Du trägst ebenfalls dein zusammengeballtes Taschentuch mit dir herum, tief in deinem Magen, und jeden Monat, wenn sich die Einsamkeit einstellt, fühlt es sich an, als sei das Taschentuch gestohlen worden. Ein Diebstahl, für den du dankbar bist.

Manchmal wünschtest du, die NASA würde dir eine E-Mail schicken und dir eine Mission ohne Rückflugticket zu irgendeinem unfassbar fernen Teil des Kosmos anbieten. Du würdest sie sofort annehmen, keinen Post in den sozialen Medien hinterlassen, Facebook allerdings im Auge behalten, um der Eitelkeit willen. Obwohl du verschwinden willst, dich jenseits des Nachthimmels verflüchtigen, wünschst du dir doch verzweifelt, vermisst zu werden. Wenn du schließlich ankommst, werden die Außerirdischen fragen, *Großer Gott, welche Traurigkeit hat dich hierhergeführt?*

In glücklicheren Momenten, draußen auf der Straße oder in öffentlichen Verkehrsmitteln, siehst du voller Staunen lächelnde Babys und Kleinkinder an. Sie lächeln zurück, fast verwirrt – *warum ist dieser Erwachsene so glücklich?* Du bist glücklich, weil sie dich an etwas erinnert haben – dass Familienleben etwas ist, an das man mit Freude herangehen sollte, nicht mit Angst. Die Babys glucksen zufrieden, und du grinst verlegen, denn just in diesem Moment hattest auch du Lust zu glucksen.

Als du wieder in deiner Wohnung bist, überlegst du, was du mit deiner Einsamkeit anfangen solltest. Du hast dich gefragt, ob es etwas Medizinisches sei, ob es eine Depression sein könnte, also gehst du zu Dr. Oppong, um ihn zu fragen. Oh, nein, es ist nichts dergleichen, entgegnet er. Gegen Depressionen können wir Ihnen etwas verschreiben. Dies – ist einfach eine Fluchtsteuer. Fluchtsteuer?, fragst du.

Wie bekomme ich die wiedererstattet? Kriegen Sie nicht, sagt Dr. Oppong. Nun ja, es sei denn, Sie gehen zurück in die Richtung, aus der Sie gekommen sind. Es ist einfach der Preis jeglicher physischen oder emotionalen Freiheit. Aber wenn ich sie noch immer bezahle, kann ich noch nicht frei sein? Darauf Dr. Oppong mit dieser Stimme – immer mit dieser Stimme, als ob er dir das Ende einer Fabel erzähle – ah, aber ohne die Gefangenschaft können Sie die Freiheit nicht wirklich begreifen. Dann hält er inne – denn er will dein Leiden nicht verharmlosen – und sagt: Aber ernsthaft. Wenn sich die Einsamkeit einstellt, heißen Sie sie willkommen. Sie erweist Ihnen Ehre, indem sie sich in einem stillen Moment bei Ihnen einstellt. Lenken Sie sich nicht von ihr ab – behandeln Sie sie so, wie Sie eine*n teure*n Freund*in behandeln würden, die*der viele Kilometer zurückgelegt hat, um zu Ihnen zu kommen.

Wieder in deiner Wohnung verhältst du dich also wie folgt, wenn sich die Einsamkeit einstellt. Du entfernst dich von deinem Schreibtisch und ziehst die Rollläden hoch, sodass sie gerade genug Tageslicht hindurchlassen, genug, um dich zu beruhigen, wenn du nach dem erwachst, was du gleich tun wirst. Und du legst dich auf dein Bett, auf die Seite, nie auf den Rücken, und du klemmst dir ein Kissen vor den Bauch, umschlingst es mit deinem Körper. Du vergräbst das Gesicht in einem anderen Kissen, und dort weinst du, zuerst leise, als ob du dich aufwärmst, und dann beißt du mit den Zähnen in das freundliche Fleisch des Kissens, und hier kommen sie, die gewaltigen, bebenden Schluchzer, und schließlich öffnest du den Mund, um zu heulen, wobei das Kissen alles verschluckt, Salzwasser und alles; und dann schläfst du, schläfst du, schläfst du.

Es ging immer nur um Liebe.

Es gibt nur zwei Zustände, in denen du dich je sicher gefühlt hast: Als dir Geld vergönnt war, und als dir Liebe vergönnt war, und eigentlich ist dir weder von dem einen noch von der anderen jemals wirklich viel vergönnt gewesen. Das fehlende Geld – das ist deine Schuld, deine Entscheidung: Du hättest eine solide Karriere verfolgen können, stattdessen hast du dich entschieden, deinen Weg als Künstler zu machen. Aber war das wirklich deine Entscheidung? Manche sagen dir, der Weg habe sich für dich entschieden.

Und die fehlende Liebe: Vielleicht ist auch das deine Schuld, vielleicht ist das auch deine Entscheidung. Denn es gibt Menschen, die versucht haben, dich zu lieben, aber du hast es ihnen nicht gestattet.

Vielleicht bist du hier dir selbst gegenüber unfair. Du hast Menschen gedatet, die du nicht attraktiv fandst, aber die eine herrlich warme Wesensart hatten, und du hast dich darum bemüht, dass es mit ihnen funktioniert, das hast du wirklich, aber letzten Endes seid ihr Freund*innen geworden. Und es gab andere, diejenigen, die wundervoll waren, aber Kinder wollten, und du wolltest keine.

Du wunderst dich darüber, wie schnell und einfach die Leute um dich herum Familien gründen. Du staunst über das Selbstvertrauen, mit dem sie etwas aufbauen, das sie lange überleben könnte. Bei Hochzeiten, auf denen du häufig einer der wenigen Singles bist, fühlst du dich zunehmend wie ein Außenseiter. Du blickst voll Bewunderung auf verheiratete Paare. Wer sind diese außergewöhnlichen Menschen, die andere Menschen davon überzeugt haben, emotional derart viel in sie zu investieren?

Du bist froh, keine Kinder zu haben. Du kannst dir nicht vorstellen, sie dir gegenüber am Frühstückstisch zu sehen und Blickkontakt zu riskieren – den Blickkontakt, der ihnen innerhalb des Bruchteils einer Sekunde die grässlichste aller Wahrheiten enthüllen würde: *Papa hat keine Ahnung, was er da macht.*

Du verliebst dich, oder wenigstens glaubst du das anfangs. Rückblickend betrachtet hast du dich nicht verliebt, du hast dich versichert. Du hast es genossen, mit jemandem auszugehen, der zärtlich war und dich nicht verabscheute, aber Liebe war das nicht. Du weißt, was Liebe ist, und du hast sie seit Jahren nicht mehr empfunden.

Mehrere Leute, auch du, haben eine Theorie darüber, warum du Single bist. Manche sagen, es läge daran, dass du zu sehr danach suchst. Manche sagen, es läge daran, dass du überhaupt nicht danach suchst. Niemand, auch du nicht, sagt dir jemals, dass du einfach nur Pech hast.

Du glaubst, du bist Single, weil es schwer ist, dich zu lieben. Das mag durchaus stimmen. Ganz sicher stimmt, dass es so lange her ist, seit du dich verliebt hast, du hast angefangen zu glauben, dass es vielleicht nie wieder passieren wird, und dieser Gedanke ist zermürbend. Du hast keine Ahnung, wie Alleinerziehende das schaffen.

Du blickst auf den leeren Laptopbildschirm vor dir und die Liste der neuen Projekte daneben, und du hast absolut keine Lust loszulegen. *Wozu eigentlich*, denkst du, *all das Schreiben, all das Schaffen, wenn du am Ende niemanden hast, der dir auf dem Nachhauseweg im Nachtbus über den Kopf streichelt, niemandes Hand, die du im abgedunkelten Kino festhältst, niemanden, dem du sonntagnachmittags auf dem Sofa Eiscreme zu essen gibst. Wozu eigentlich versuchst du, Freude in die Welt zu bringen, wenn du für dich selbst keine finden kannst?* Du denkst an diese Komiker*innen und Soulsänger*innen, die so viele unterhalten und ihnen Trost gebracht haben, aber nie jemanden trafen, der sie gernhatte; und dann schaust du dich in deiner Wohnung um, die kaum ein*e Freund*in oder Geliebte*r je betritt, und du begreifst, dass, obwohl ganze Ozeane zwischen ihrem und deinem Erfolg liegen, du dennoch in ganz ähnlichen Gewässern segelst. Wozu eigentlich das alles, fragst du dich; und dann, weil du schon so weit in dieses Leben hinausgerudert bist, dass es sich anfühlt, als hättest du keine andere Wahl, fängst du an zu tippen. *Es ging*, beginnst du, *immer nur um Liebe.*

***

»Wie man die Rassismuskarte ausspielt«
in zwölf einfachen Schritten.

Wenn du schon darauf bestehen musst, ein Schwarzer Mann mit dunkler Hautfarbe in einer kontinentaleuropäischen Stadt – sagen wir, Berlin – zu sein, dann geh, vorausgesetzt, du beabsichtigst, dir das Leben etwas leichter zu machen, folgendermaßen vor. Folge dem kurzen, einfachen Zwölf-Schritte-Programm *Wie man die Rassismuskarte ausspielt*:

1. Achte darauf, dass nicht zu viele von euch in deinem Mietshaus wohnen. Bei mehr als zweien handelt es sich offiziell um eine Plage. Achte darauf, dass deine Wohnung nicht zu viele exotische Emissionen ausstößt. Ethnische Gerüche sind okay – ethnische Geräusche und Personen sind es nicht. Wenn du draußen einer*einem Ortsansässigen begegnest, achte darauf, dass du sie in ihrer eigenen Sprache grüßt, sobald du in Hörweite bist. Integration!

2. Wenn du durch die Zollkontrolle gehst, sieh nicht zu großspurig aus. Du wirst angehalten und durchsucht werden, wenn du zu frei aussiehst, wenn du Grenzen zu fröhlich überschreitest. Du bist unterwegs in den Urlaub – na und? Stell dich nicht so an – unterdrücke das Lächeln. Stopp den wiegenden Gang. Der empfohlene Gesichtsausdruck bei Begegnungen mit Einwanderungsbeamt*innen ist der eines Hundes, der zum letzten Mal Gassi geht – du musst ganz und gar abgekämpft aussehen, abgehärmt, und dabei darauf achten, nicht den Augenkontakt zu vermeiden, damit du nicht zwielichtig wirkst. Denk daran: Sichtlich gebrochene Gemüter schmuggeln keine Drogen.

3. Lass auf jede öffentliche Kritik an dem Land, in dem du jetzt lebst, einen Zusatz folgen, der Dankbarkeit beinhaltet. Zum Beispiel: *Dieser Nazi-Aufmarsch war Furcht einflößend, aber das Schnitzel hier ist lecker.*

4. Wenn du in einer überfüllten Bahn sitzt, aber alle sich weigern, neben dir zu sitzen, mach dir den dadurch entstehenden Platz zunutze. Zieh eine Show ab. *Manspread.* Mach ein Foto von dem Platz und poste es in den sozialen Medien, als Beispiel für den *Black Gap*, das mystische Kraftfeld, das sich in der Öffentlichkeit häufig um postpubertäre Schwarze Männer zu bilden scheint. Speichere das Foto auf deinem Telefon ab und scherze mit dir selbst, dass du es für deine Enkelkinder aufheben und es mit einem Sepia-Filter schönen wirst und dass ihr alle darüber lachen werdet, wie toxisch die Zeiten damals doch waren. *Granddad, sie müssen gedacht haben, du seist ein Tier!* Denk darüber nach, ob du riechst – schau, es ist möglich. Es könnte sein, dass Mitreisende von deinem Geruch total abgestoßen werden. Später am Abend, wenn du zum Abendessen in die Wohnung deiner*deines Partnerin*Partners gehst, erzähl ihr*ihm nicht, dass sich schon zum zweiten Mal diese Woche neben dir in der Bahn ein *Black Gap* gebildet hat. Wenigstens nicht, bevor der Nachtisch auf dem Tisch steht. Du willst die Stimmung nicht verderben.

5. Jeden Morgen, bevor du das Haus verlässt, erinnere dich daran, dass du nicht hässlich bist. Schau fest in den Spiegel und versuche, dich schön zu fühlen, bevor du aus der Tür gehst. Sich zu rasieren hilft häufig – glatte Haut fühlt sich attraktiver an. Stoppeln sind für betrunkene Männer, die alle Hoffnung haben fahren lassen. Für richtig glatte Haut trage direkt nach dem Duschen Babyöl auf das Gesicht auf und tupfe es trocken. Verlass die Wohnung nicht, bevor du dich nicht schön fühlst. Es wird Tage geben, an denen du die Wohnung nicht verlässt.

6. Verlass die Wohnung nicht. Erinnere dich daran, wie du den Busfahrer gesehen hast, der den Neonazi-Dresscode trug, die Thor-Steinar-Baseballkappe. Erinnere dich daran, wie du am oberen Ende deiner Straße von zwei weißen Frauen rassistisch beschimpft wurdest. Erinnere dich daran, wie sie Hand an dich legten – sie haben dich tatsächlich angefasst. Verlass die Wohnung nicht.

7. Steig in ein Flugzeug in ein anderes Land, als ob du fliehen würdest, aber dann komm wieder, weil du verstehst, dass, egal wohin du reist, du jeweils bloß unterschiedliche Geschmacksrichtungen von Rassismus vorfindest, dass die Würze eine andere sein mag, aber das Essen letztendlich das gleiche bleibt.

8. Lach nicht darüber. Mach keine schlagfertige Bemerkung, wenn dich die türkischen Kids im örtlichen Park fragen, ob sie deinen riesigen Schwanz sehen können. Scherz nicht über dein großes Gemächt. Lach nicht darüber.

9. Wenn du darüber lachst, signalisiert das den Leuten, es sei okay, und es ist nicht okay – du bist nicht okay. Denk daran, dass du andere Schwarze in diesem Land hast ankommen und es dann wieder verlassen sehen, vor Erschöpfung, weil sie so schlecht behandelt wurden. Stell dir selbst die einfache Frage – hast du hier noch etwas zu erledigen? Wenn die Antwort Ja lautet, dann bleib. Wenn die Antwort Nein lautet, dann lauf weg, mein Gott, lauf weg, du bist doch kein*e verdammte*r Märtyrer*in.

10. Um des bloßen Überlebens willen, konzentrier dich auf das Positive. Es gibt Menschen, die dich lieben. Viele Menschen, die dich lieben. Rhea, Sasha, Burçu, Kai, Alex, Andrew, Josh, Lee, Ryan, Krisz, Steffi, Bhavani, Jonathan, Jessica, Jennifer. Schau dir die Freude an, mit der du im Supermarkt vor Ort begrüßt wirst, in deinem Lieblingsrestaurant. Bruder – so nennen sie dich. Die Libanes*innen, die Vietnames*innen, die Sudanes*innen umarmen dich. Viele Menschen, viele nicht-weiße Miteinwander*innen lieben dich.

11. Erinnere dich daran, dass du, egal wie sehr du dich verachtet oder in Klischees gezwängt fühlen magst, nie mehr als eine frische Unterhaltung oder ein tolles erstes Date davon entfernt bist, dein Leben zu ändern. Schätze deine Freundschaften. Schick aus heiterem Himmel Kurznachrichten an jene, die dir am teuersten sind, und sag ihnen, dass du sie liebst. Wenn sie fragen *Woher kommt das denn bitte?* dann sag ihnen *Ich bin dankbar für dich, und wenn ich für jemanden dankbar bin, dann sage ich ihm das.*

12. Und schließlich, Schritt Nummer 12. Fang an, hellere Farben zu tragen. Pink, Grün, Rot, Gelb, Orange, sogar Gold. Strahle so sehr, dass du unübersehbar bist. Deine Haut ist eine spektakuläre Leinwand. Jedes Mal, wenn du lächelst und vor Leben sprühst an einem Ort, der dich lieber trist und unsichtbar sehen würde, wirst du in Hoffnung wachsen. Liebe weiter, gehe weiter vorwärts. Liebe weiter, gehe weiter vorwärts. Liebe weiter, gehe weiter vorwärts.

Du erzählst Dr. Oppong nicht von deinem Traum. Du verstehst dich in den Therapiesitzungen so gut mit ihm, dass du die Stimmung nicht verderben willst. Dr. Oppong erinnert dich an deinen Lieblingsonkel, jenen, der vor dem Krieg in Uganda floh und jetzt seinen Lebensabend in Skandinavien verbringt. Jedes Mal, wenn du diesen Onkel siehst, fragt er dich warmherzig und höflich nach deinem Wohlbefinden, danach, ob du jemanden Nettes kennengelernt hast. Deine monatlichen Besuche in Dr. Oppongs Büro fühlen sich mittlerweile so ähnlich an – er entwickelt sich zu einem Familienmitglied, das du nicht enttäuschen möchtest, dem du zeigen willst, dass du in deinem großen deutschen Abenteuer vorankommst.

Und deswegen erzählst du ihm nicht von deinem Traum.

Der Traum. Du und zwei Schwarze Freunde laufen eines Herbstabends mitten auf einer Berliner Straße. Es ist acht Uhr abends, aber es herrscht so eine Stille, dass es genauso gut Mitternacht sein könnte; es ist jene Zeit des Tages, wenn die Kneipen in der Nähe schon die meisten Einheimischen aufgelesen haben. Die Äste der Bäume strecken sich über die Straße hinweg einander entgegen, berühren sich gegenseitig und bilden einen Bogengang über euch. Mondlicht ergießt sich wie Milch über das Kopfsteinpflaster. Ihr seid alle so glücklich. Ihr seid unterwegs zum DJ-Set einer Freundin in der Revaler Straße, und dein Deutsch ist gut genug, dass dich der Türsteher am Eingang nicht abweisen wird. Sind Sie übers Wochenende zu Besuch in Berlin, wird er dich fragen. Nein, ich bin von hier, wirst du antworten, ich wohne um die Ecke, nur zehn Minuten zu Fuß. Er wird über deine Lässigkeit lächeln, und dann wird er euch in diesen Raum hineinlassen, diesen Schoß aus sanftem Licht und warmem Klang, und ihr werdet euch darin wiegen bis in die Vormittagsstunden des nächsten Tages.

Aber so weit werden du und deine Freunde nicht kommen. Ihr habt das Ende der Straße erreicht, und anstelle des Bogengangs aus Bäumen ist da jetzt – kurz vor einer kleinen Treppe, die hinunter zu einem Hof in Richtung der Bar führt – ein metallener Torbogen. Zu beiden Seiten dieses Torbogens stehen zwei Schwarze Männer, ebenso dunkel wir du, nicht so frei wie du; sie stehen dort, damit die weißen Tourist*innen auf der Suche nach Gras sie leicht finden können. Sie versuchen, euch davor zu warnen, durch den Torbogen zu gehen, aber ihr hört nicht. Einer von ihnen sagt etwas in einer Sprache, die du nicht verstehst, aber die Angst in seiner Stimme übersetzt es für dich. Wenn ein Schwarzer Mann Angst hat, ist die Sprache universell. Brüder, bitte. Geht nicht hinein. Ihr hört nicht auf ihn, und du bist wütend auf dich selbst, dass du überhaupt Blickkontakt aufgenommen hast, seine Zweifel in Betracht gezogen hast. Wir versuchen, euch zu helfen. Einer von ihnen packt den Ärmel deines Hoodies und hält dich einen Moment lang fest. Er trägt ebenfalls einen Hoodie, seiner ist schwarz, während deiner knallrot ist – ein vorbeikommender Polizist würde euch nicht auseinanderhalten können.

Das Einzige, was euch trennt, ist die Farbe eurer Reisepässe, die zwischen euch liegt wie die Weite eines Ozeans.

Komm schon, sagt einer deiner Freunde. Sie sind aus London zu Besuch bei dir, und sie sind ungeduldig, ihren Abend fortzusetzen. Einer von ihnen hat den Torbogen bereits durchquert, und obwohl er nur wenige Meter gelaufen ist, kannst du ihn nicht mehr sehen. Komm schon, sagt dein Freund erneut. Er mag den Umstand, dass der Drogendealer dich anfasst, nicht, und er zieht dich am anderen Ärmel. Der Schwarze neben der Tür lässt los. Bruder, bitte, sagt er. Es ist dieses Tier. Wo auch immer es Ärger gibt, sehen wir es. Er zeigt auf ein kleines silbernes Bild, das auf die Backsteinmauer neben dem Torbogen schabloniert ist; in der Finsternis hier sieht es aus wie ein Haken. Wir können es nicht wegmachen. Komm schon, sagt dein Freund ein letztes Mal und zerrt dich durch den Torbogen.

Zehn Meter vor euch beiden liegt euer Freund tot auf dem schwach beleuchteten Boden. Er liegt auf dem Bauch, und du kannst sein Gesicht nicht sehen, aber du weißt, er ist tot; denn wenn der Tod einen Ort heimsucht, dann wird alles in ebendieser Gegend von ihm angezogen wie von einem Vakuum, und jetzt gerade spürst du diesen dir vertrauten, entsetzlichen Sog, als ob jemand an deiner Weste zieht. Dein anderer Freund rennt nach vorne und fällt neben der Leiche auf die Knie. Du willst gerade zu ihm aufschließen, als von irgendwo zu deiner Linken ein Baseballschläger auf ihn zuschwingt und eine tiefe Kerbe in seinem Hinterkopf hinterlässt.

Deine Brust fühlt sich an, als ob sie entzweigerissen worden wäre, und du betrachtest den Mann, der den Baseballschläger geschwungen hat. Zuerst konntest du nur deine beiden toten Freunde sehen, aber jetzt kannst du ihn und fünf andere weiße Männer sehen, wie sie dir in einem weiten Halbkreis gegenüberstehen. Du stehst nicht mehr außerhalb eines Hofes in Berlin. Du befindest dich mitten in einer Art Lagerhaus, irgendwo über der Straße. Auch hier ist es spät. Es gibt in diesem Raum ein einziges Licht, das in die Decke über der weit entfernten Tür eingelassen ist und über die Schultern der Männer bis knapp vor die Wand hinter dir fällt. Es gibt nur einen Ausgang. Die Männer lächeln. Jeder von ihnen hat einen Baseballschläger, dessen Oberfläche blutverschmiert ist. Auf der rechten Wange des Mannes, der den Schläger geschwungen hat, siehst du das gleiche Symbol, das du neben dem Torbogen gesehen hast.

Du kannst jetzt jedes Detail erkennen, so wie man es sicherlich kann, kurz bevor man stirbt. Die meisten der Männer sind ungefähr so groß wie du und tragen schwarze Trainingsanzüge, schwarze Turnschuhe; sie sind schlank, aber sportlich, ihre Wadenmuskeln pochen gegen das Innere ihrer Hosenbeine. Ihre Schultern heben sich vor Erregtheit. Du siehst ihnen an, dass sie nicht zum ersten Mal auf der Jagd sind.

Der Mann mit dem silbernen Haken auf dem Gesicht sieht aus, als ob er fünf Jahre älter sei als du, aber die anderen sind so jung, dass sie gut seine Neffen sein könnten. Er ist in hervorragender Form, er würde in jedem Fitnessstudio neidische Blicke auf sich ziehen. Die anderen warten auf seine Anweisungen, seine Stimme wird den Startschuss abfeuern. Du hast einen Geschmack im Mund wie damals, als du ein Kind warst und eine alte Münze unter deine Zunge legtest. Du würdest ja schreien, aber selbst die Sterne erscheinen näher als irgendjemand, der dir zu Hilfe kommen könnte. Du schaust nach links auf die langen dünnen Fenster und siehst die Bäume, die sich draußen aneinanderreihen. Bevor der Anführer etwas sagen kann, bevor er zum Schlag ausholen kann, sprintest du auf das Fenster zu, ziehst dabei die Kapuze über den Kopf, drehst deine Schulter in Richtung der wartenden Glasscheibe, und kurz vor dem Aufprall springst du.

Das Glas umströmt dich wie fallender Regen, und während du schwebst, strecken sich die Bäume dir entgegen. Der Herbst hat sie noch nicht entblößt, und zunächst zerzausen ihre emsigen Äste dir wie vergötternde Tanten das Haar. Du suchst verzweifelt irgendeine Art von Halt zu fassen, greifst mit den Armen um dich und strampelst mit den Beinen, aber jetzt beweisen dir die Bäume ihre Liebe auf härtere Weise, indem sie dich zwischen sich hin und her und nach unten stoßen, dich grob nach abwärts, an die Büsche unter ihnen, weiterreichen.

Du rollst aus dem Gesträuch, und der Gehweg presst sich als kühle Handfläche gegen deine Wange. Zwei Stockwerke über dir hörst du die Schreie der wütenden Männer, ihre Stimmen verlieren sich in Richtung der Treppe. Dein

Körper ist ein Mosaik aus blauen Flecken, der Schmerz wartet geduldig auf seine Ankunft. Du ziehst dich hoch auf die Füße und schaust dich nach beiden Seiten um. Dir gegenüber ist eine Lagerhalle, ihre Lichter schon lange erloschen. Zu deiner Rechten sind die unerreichbar hohen Mauern eines Parkhauses. Zu deiner Linken – zu deiner Linken, gesäumt von orangen Straßenlaternen, so einladend wie eine Startbahn, ist die offene Straße. Du rennst. Mein Gott, du rennst.

Als du am oberen Straßenende ankommst – in hundert Metern Entfernung –, haben die Männer die Straße erreicht. Sie rufen im Chor. Egal wohin du auf der Welt gehst, diese drei Wörter reisen mit der Schnelligkeit des Hasses und werden dich anscheinend immer einholen: Lauf, N–, lauf. Die Straße biegt nach rechts ab und verläuft jetzt parallel zur Autobahn ein paar Meter unter dir. Du denkst darüber nach, mitten auf die Fernstraße hinauszulaufen, vielleicht ein Auto heranzuwinken, aber es sind keine Fahrzeuge in Sicht, noch nicht. Die Sterne und die Bäume sind alles, was du siehst. Die Männer kommen näher, genau wie der Schmerz deines Sturzes. Gott sei Dank ist da vorn, etwa hundertfünfzig Meter vor dir, eine Raststätte – der Laden hat noch offen, ein einzelner weißer Lastwagen parkt davor –, als du dich näherst, deine Beine den flachen Abhang hinab und auf den Parkplatz taumeln, bläht der Motor des Lastwagens seine Lunge, die Vorderräder drehen sich in Richtung Autobahn, bitte, bitte, warten Sie, aber der Fahrer kann dich nicht hören, und der Lastwagen wird langsam schneller, der erste deiner Verfolger ist nah genug, um nach dir zu greifen, und er hat seinen Schläger schon lange fallen lassen, denn er will seine Krallen wirklich in dich schlagen, seine Finger in dein Fleisch haken, und mit einer letzten Kraftanstrengung, die Gott weiß woher kommt, beschleunigst du und bist jetzt das Einzige, was schneller ist als Hass, nämlich die Geschwindigkeit eines fliehenden Flüchtlings – und du springst, du klammerst dich an eine der Stangen an der Rückseite der Lastwagentür, du kletterst auf den flachen Tritt, und während die Männer mit ihren Schlägern auf den Boden eindreschen, trägt der Lastwagen dich mit sich auf die Autobahn, hinweg unter dem sanften Tal aus Sternen.

Das ist dein Traum, und als er verblasst, sitzt du vor Dr. Oppong. Er hat dich mit Sorge beobachtet, du weißt nicht, wie lange. Er fragt dich, ob du dich in Deutschland sicher fühlst. Du zögerst; und als du etwas sagst, hast du bereits geantwortet.

***

Du fühlst dich in unmittelbarer Nähe von Gefahr am sichersten.

Du hast mit dem Onlinedating aufgehört. Kurz vorher hattest du Konten auf drei verschiedenen Websites, von denen keine jemanden ausmachen konnte, mit dem du auf einer Wellenlänge warst. Vielleicht bist du das Problem, vielleicht nicht, aber eins weißt du ganz sicher, nämlich dass es sich für dich zunehmend unangenehm anfühlt, ständig an deine Unfähigkeit erinnert zu werden, jemanden zu treffen, den du gern daten würdest. Das Onlinedating hat dir wenig gebracht, außer eine Einsamkeit zu vergrößern, die du über längere Zeiträume kaum bemerkt hast, weil du so beschäftigt warst. Von jetzt an sollen, von dir aus, Begegnungen mit anderen spontan passieren.

Ein Freund fragt dich, ob du tatsächlich eine*n Partner*in willst, und du zögerst. Du hast so viel Zeit damit verbracht, darüber nachzudenken, *wie* es sein würde, mit jemandem zusammen zu sein, und überhaupt keine Zeit damit, darüber nachzudenken, *ob* du es solltest. Schließlich fühlst du dich im Alleinsein so wohl. Nichts macht dich glücklicher, als an einem späten Winterabend in einer Ecke deines Lieblingscafés zu sitzen, ein Glas Glühwein in der linken Hand und ein klaffendes Taschenbuch auf dem Schoß. Dort findest du ganz deinen Frieden; ab und zu, wenn du am Ende eines besonders eleganten oder fesselnden Absatzes angekommen bist, blickst du von deinem Buch auf, um zu sehen, wie sich die nackten Äste langsam im leichten Wind biegen. Für dich hat das immer Glück bedeutet: einen Moment der Ruhe und Wärme zu erhaschen, während die Schatten auf der Lauer liegen.

Manchmal fragst du dich, ob du jemals glücklich sein könntest an einem Ort, an dem du nicht um deine Freude kämpfen müsstest. Ein anderer Freund meint dir gegenüber, dass du die Dinge immer auf die harte Tour anzugehen, den aggressivsten Weg zu finden scheinst, dich selbst auf die Probe zu stellen. Aber es ist nicht so, dass du Behaglichkeit verachtest, du hast nur vor langer Zeit gelernt, ihr nicht zu vertrauen. Das Schlimmste, was dir oder deinen

Freund*innen je passiert ist, ging aus heiteren Sommernachmittagen hervor, aus einem klaren blauen Himmel. Vielleicht fühlst du dich deshalb jetzt in unmittelbarer Nähe von Gefahr am sichersten.

***

Am glücklichsten im Übergang.

Auf deinem Telefon sind so viele Fotos von dieser Stadt. Du machst sie jedes Mal, wenn du dich ausnehmend glücklich fühlst. Die meisten von ihnen halten frühabendliche Spaziergänge zu einem Drink mit Freund*innen fest, entweder entlang enger Straßen, wo die Bäume fast so hoch reichen wie die Gebäude, oder breiter Alleen, an deren Ende dich die Sonne erwartet. Das hier war, als du diesen Leiter einer Menschenrechtsorganisation auf ein paar Gläser Wein zu viel getroffen hast, das hier war, als drei von euch los sind, um einen Freund nach vier Monaten im Ausland wieder willkommen zu heißen. Jede Umarmung war berauschend. Warst du je versucht, dortzubleiben, Berlin zu verlassen, fragst du. Er lächelt nur. Vor ein paar Monaten nannte dich deine Cousine einen Hippie, und das gehört zum Nettesten, was je jemand zu dir gesagt hat. Du bist wahrscheinlich am glücklichsten im Übergang, in diesem Raum zwischen dem Beenden eines überzeugenden Textes an deinem Schreibtisch und dem Aufbrechen, um sowohl deine Lieben als auch die lange Nacht zu umarmen, die vor dir liegt. In der halben Stunde, die diese Wege dauern – denn in Berlin ist alles eine halbe Stunde entfernt, so lautet die Regel

–, schlenderst du dahin und erinnerst dich immer wieder daran, wie viel Glück du hast, dass das Leben nicht besser sein kann, zwischen der vorübergehenden Ruhe deines Ehrgeizes und dem Versprechen offener Arme.

***

Diesmal Voodoo.

Du hast beschlossen, dass dies deine letzte Sitzung mit Dr. Oppong sein wird. Er weiß das bereits; er sagt, er habe es schon bei deinem vorherigen Besuch bemerkt. Wie das, fragst du. Sie waren nicht so freimütig, wie Sie es normalerweise sind, sagt er. Es schien, als ob Sie sich auf etwas anderes vorbereiten würden.

Nun, ja, sagst du, aber es ist nichts Persönliches. Ich bin sehr zufrieden mit dem Fortschritt, den wir zusammen gemacht haben, Sie haben mir so sehr geholfen.

Dr. Oppong runzelt die Stirn. Vielleicht befürchten Sie, dass ich mir Freiheiten erlaubt habe?

Nein, überhaupt nicht, sagst du. Es ist nur so, dass ich etwas sehr Wichtiges vorhabe. Meine Mutter möchte, dass ich zum ersten Mal seit fünfunddreißig Jahren das Dorf meines Vaters besuche – ich wollte erst nicht fahren, aber jetzt denke ich, dass ich es tun werde. Zuerst wollte ich es gewissermaßen für sie machen, aber jetzt habe ich beschlossen, es für mich zu tun. Ich glaube – das ist gewissermaßen die nächste Stufe. Dass ich einen Schlussstrich unter alles ziehen muss.

Sie hoffen, dort Antworten zu finden?

Ich weiß nicht. Einen Abschluss, hoffe ich.

Das klingt vernünftig, sagt Dr. Oppong. Es war auf jeden Fall wirklich ein Vergnügen, mit Ihnen zu arbeiten. Es war – und ich weiß, dass Sie dieses Wort nicht mögen – eine Reise.

Nein, ich mag es nicht, sagst du, aber du lächelst.

Ich würde nur noch sagen wollen, egal was Sie als Nächstes tun – denken Sie bitte daran, dass es immer ein Nächstes geben wird, ein weiteres Ziel, das es zu erreichen gilt. Eine weitere Entschuldigung dafür, dass Sie sich selbst nicht mögen, bis Sie irgendeinen neuen Ehrgeiz verwirklicht haben. Aber dennoch ist es okay, dass Sie sich jetzt in diesem Moment mögen. Es ist okay.

Seine Worte rauben dir fast den Atem, und du sagst einen Moment lang nichts, weil du dir nicht traust, du hast Angst, dass dir die Tränen schneller in die Augen steigen könnten, als die Worte deinen Mund verlassen.

Dr. Oppong, ich bin es so leid, mich selbst aufzugeben.
Dann tun Sie es nicht, sagt er sanft. Tun Sie es nicht.
Du willst ihn umarmen, aber es fühlt sich nicht richtig an.

Stattdessen nickst du zum Dank für seine Hilfe, gibst ihm das Geld für die letzte Sitzung und wendest dich der Tür zu.

Ich muss mich auch entschuldigen, sagt Dr. Oppong, als du hinaus ins Treppenhaus gehst, und sein Tonfall ist auffallend schwermütig. Ich habe mir tatsächlich Freiheiten erlaubt. Es macht mir nichts aus, das zu tun, was ich für Sie getan habe, ich werde es weiterhin tun, aber ich kann es nicht mehr tun, solange Sie mein Klient sind.

Was meinen Sie, fragst du, als du schon halb die Treppe hinunter bist. Dr. Oppong lehnt sich an den Türrahmen, und eine seltsame Mischung aus Stolz und Traurigkeit überzieht sein Gesicht.

Dein Traum, sagt er, der, wo du durch die Nacht gejagt wirst, und du wirst von einem Lastwagen gerettet. Die Person, die den Lastwagen fährt, sagt er, war ich. Ich werde es immer sein.

Bevor du etwas fragen kannst, hat Dr. Oppong die Tür geschlossen; wie sein langes Kopfnicken fühlt sich dies wie das Ende eures Gesprächs an.

Auf dem Weg nach Hause textest du deinem Freund. Hatte gerade meine letzte Sitzung mit Dr. Oppong, schreibst du, sie war seltsam. Aber gut seltsam. Genau genommen großartig. Wenn das Sinn macht?

Er war der Lastwagenfahrer, richtig?

Moment mal, was?

Haha, keine Sorge, ich erklär's dir bald. Lass uns ein Bier trinken, wenn du aus Uganda zurück bist, okay? Das bespricht sich schlecht übers Telefon.

Yeah, machen wir. Sorry – sorry. Ich versuche noch, das alles zu begreifen.

Yeah, es ist für alle erst einmal ein Schock.

Für alle?

Du hast schon richtig gehört! Lass uns bald quatschen, Kumpel.

Ha, okay, klar. Lass uns bald quatschen.

Dann, nach ein paar Minuten, weil dein Freund nicht widerstehen kann:

Diesmal also Voodoo?

Ja, antwortest du. Diesmal Voodoo.

TEIL DREI:
Dein Reisepass

Ich habe deinen Reisepass.
Was will ich mehr? Krass,
aus dessen Daten kann ich schnell erraten,
wer du warst und welche Taten ich noch
vollbringen muss, denn dass ein Sohn
aufholen solle, ist nur natürlich, ist seine Rolle,
ja, das ist seine Rolle …
… also, Dad, du kamst aus Uganda,
im Nordosten geboren, Anfang der Vierzigerjahre …
aus der Sammlung von Stempeln hier drin wird klar –
du liebtest Kenia, Sambia, Tansania –
du liebtest es zu reisen,
dich mit der Präzision eines Skalpells zu kleiden,
deine Handschrift war gepflegt … ja, ich finde Ähnlichkeiten;
deine Art Jacken trage ich auch –
Klassiker der Siebziger, selten im Verkauf –
und schau! Ich überrage dich, einsneunundachtzig' dich
gut gekontert, du verlierst, mit einssechsundachtzig.
Was Berufe angeht, da unterscheiden wir uns deutlich …
habe nicht den Mediziner gemimt – Blut ist mir verhasst –
aber mehr Wunden gerissen, als du je geschlossen hast,
zugenäht, denn wir Dichter*innen, wir öffnen Seelen weit,
mit mehr Nachdruck, als ihr Chirurgen Seelen heilt …
… geboren bist du fünf Tage vor Weihnachten, steht hier;
deine ledergebundene Bibelausgabe war lange bei mir,
doch hat sie meine Mutter wiederbekommen,

bin nicht so fromm vor dem Herrn wie du, eher kühler,
... apropos Mutter, da du ihr Mann bist, sollte man meinen
sie erwähne dich doch eher oft, aber nein –;
schätze, sie ist noch verärgert, dass du in den Krieg zogst,
doch spricht sie von dir, dann beeindruckend warm:
Er war der beste Mensch, da kannst du sicher sein;
der nicht dachte, dass die Faust ein guter Ausweg sei, nein;
was mir, gesteh ich, allein zu betrauern bleibt:
Dass er dem Weg jener folgte, die weniger gescheit.
Dein Reisepass:
Juli sechsundachtzig ist sein Ablaufdatum,
aber da brauchtest du schon lange kein Visum
mehr. Na, du konntest nicht erwarten, dass es losgeht,
also stiegst du schon dreiundachtzig ein am Gate,
dorthin, wo es keine Flugtickets gibt, kein Morgen,
und keine Sorgen ...
Dein Reisepass:
74562 lautet seine Nummer:
Das ist Code für: *Du wirst mir fehlen, Dad, für immer.*
Und weil du nie die Strecke fliegen konntest, die für
dich bestimmt war, beanspruch ich für dich den Himmel.

Heimkehr.

Trauer trifft ihren Umkreis wie eine gewaltige Druckwelle. Wann auch immer eine Tragödie geschieht, verstreut sie alle weit entfernt von deren unmittelbaren Opfern. Als dein Vater starb, sagte dir deine Mutter, dass die Leute Angst hätten, sich ihr zu nähern, jetzt, da sie Witwe sei. Die Scham des Todes hatte sie befleckt.

Trauer hat auch dich weit weg von einem Opfer geschleudert. Das erste Mal, als du deinen Vater sahst, lag er in einem Sarg, und du warst dabei, dich auf seine Beerdigung vorzubereiten; das zweite Mal schobst du unbeholfen die erste Handvoll Erde auf sein Grab; und dies, fünfunddreißig Jahre später, wird für dich erst die dritte Erinnerung daran sein, bei ihm zu sein.

Beim ersten Mal warst du erst vier, weswegen nur Teile davon noch deutlich sind. Der Sarg stand im Wohnzimmer im ersten Stock eures Hauses, der Raum war voller Besucher*innen; die Bodenfliesen, winzig wie Kieselsteine, bildeten ein Mosaik aus funkelndem Weiß. Links von dir war der Flur, der Boden flamingofarben, über den eines Nachmittags eine muskulöse Kakerlake krabbelte, schneller, als anständig oder möglich schien. Vor dir war der Balkon, auf dessen Fensterbrett du versucht hattest, eine Eidechse einzufangen, am Ende aber nur ihren Schwanz umklammert gehalten hattest, und entlang dessen Länge du etwas nachgejagt warst, was wie eine gelbe Erdnuss ausgesehen hatte, bis ihm der Balkon ausgegangen war und es sich auf wundersame Weise in die Luft erhoben hatte.

Unten war der Garten, wo in ein paar Tagen deine Tante mit einem Lastwagen voller bewaffneter Wachleute auftauchen und das Heim ihres gerade erst begrabenen Bruders mit vorgehaltener Waffe ausrauben würde – und dabei lachen. Du würdest die anliegende Treppe hinunterrennen und ihr verärgert einen Klaps auf die Seite geben, als sie ging, und sie würde dich von oben herab aus der Sonne anlächeln, wobei das Licht ihr Gesicht umrahmen würde, für dich das vielleicht erste Indiz dafür, dass Heiligenscheine nicht allein Engeln vorbehalten sind. Ein paar Monate später würde einer eurer Sicherheitsbediensteten erschossen werden, aber niemand weiß wirklich, wer das tat, und ein paar Jahre später würde deine Tante in London auftauchen, nachdem ihr das ganze Geld, das sie an diesem Tag gestohlen hatte, abhandengekommen war. Sie muss eine Weile gebraucht haben, es alles auszugeben.

Jedoch gab es in diesem Umkreis auch jede Menge Unfug. Etwa als deine Cousinen und Cousins den Gummi eines Tennisballs um den Schuppen herumwickelten, sodass jede*r, die*der die Tür öffnete, den Gummi direkt vor ihr*sein Gesicht schnappen sah und vor Schreck zurücksprang. Etwa als ihr einander im Spiel quer durch Felder mit Zuckerrohr jagtet, das dreimal so hoch war wie ihr groß, und du, während man dich verfolgte, ab und an anhieltest, um von deiner Umgebung zu naschen. Etwa als du und deine Freund*innen auf Dreirädern mit beängstigender

Geschwindigkeit die Einfahrt ihrer Eltern hinunterfuhrt, und sie, als sie plötzlich sahen, was auf sie zukam, von ihren Gefährten sprangen, und du, da du die Richtung nicht mehr ändern konntest, gegen den Bordstein vor dir knalltest und kopfüber in einen Kaktus katapultiert wurdest. Ihre Eltern hatten Stunden gebraucht, um auch noch den letzten Stachel zu entfernen.

In den Jahren danach hat man dich oft nach Uganda gefragt, wie es dort war, und du hast nie so richtig gewusst, was du antworten solltest. Hättest du es gewusst, dann hättest du ihnen gesagt, dass es der Ort war, der dich die Extreme von Freude und Schmerz lehrte. Und jetzt, egal was geschieht, bist du auf dem Weg nach Hause.

***

Du kommst kurz nach ein Uhr nachmittags in Uganda an, aber du verlässt den Flughafen erst kurz vor vier. Wo auch immer die Regierung des Landes ihr Geld ausgibt, hier ist es jedenfalls nicht. Die gleichzeitige Ankunft von drei Flügen aus Doha, Nairobi und Dubai überfordert die Angestellten völlig, und die Visa-Schlangen reichen fast zurück bis zum Asphalt der Rollbahn. Es gibt vier gesonderte Reihen, und die für ugandische Staatsangehörige ist mit Abstand die längste – es sind mehr von ihnen da, aber gleichzeitig scheinen ihre Papiere langsamer bearbeitet zu werden. Du wartest in der Halle auf dein Gepäck, und es dauert mehr als zwei Stunden, bis alle Habseligkeiten deiner Familie aufgetaucht sind. Während dieser Zeit siehst du Hunderte fest verschnürte Pakete an dir vorbeiziehen – sie sind in opakes Klebeband gewickelt, und die Namen ihrer Besitzer sind darauf in dunkelblauem Marker zu lesen. Luxusgüter, sagt deine Mutter. Die sind für Dubai bestimmt, und sie können gar nicht genug davon kaufen.

Du bleibst am Ausgang des Flughafens stehen, während du darauf wartest, dass deine Mutter etwas von der Landeswährung abhebt, und der Geldautomat schluckt ihre Karte. Das passiert heute schon zum dritten Mal, sagt ein Beamter in der Nähe. Warum haben Sie mich nicht davor gewarnt, ihn zu benutzen, fragt deine Mutter, worauf der Beamte keine Antwort hat.

Du trittst hinaus. Das Personal des Flughafenterminals besteht aus einer Handvoll bewaffneter Männer, die versuchen, wichtig auszusehen. Stellen Sie sich hierhin, sagen sie und führen dich ein paar Meter von den Haupteingangstüren des Flughafens weg. Warten Sie hier auf Ihr Taxi. Du kommst der Aufforderung nach und blickst an der Steintreppe hoch, die hinauf zum Abflugbereich reicht. Sie ist rissig und vergilbt, fleckig von den Tränenspuren braunen Regenwassers. Ihr Wartungszustand entspricht dem, was du bei einem verlassenen, in der tiefsten Provinz gelegenen Bahnhof erwarten würdest.

Euer Fahrer trifft ein, gut gelaunt. Diese Art von Einstellung braucht man angesichts des Osterverkehrs Richtung Kampala. Als du in den Landrover einsteigst, und ihr auf die Hauptstraße hinausfahrt, nickst du langsam ein, und deine Mutter hält dich dazu an, wach zu bleiben. Du verpasst Uganda, willst du es nicht sehen, fragt sie, aber die Erschöpfung hat anderes im Sinn.

Als du aufwachst, seid ihr in der Nähe des Stadtrands. Ein Konvoi von Fahrzeugen – eine Handvoll Motorräder, zwei schwarze Autos mit getönten Scheiben – braust in Richtung Flughafen an euch vorbei. Das muss ein*e Minister*in gewesen sein, sagt deine Mutter, die reisen so. Wäre es der Präsident, hätten es zwanzig Autos sein können.

In dieser Nacht, bevor du die lange Reise in den Norden antrittst, isst du im Haus deines Onkels zu Abend. Kampala erinnert dich an jene Sommernachmittage deiner Kindheit, als du den Gartenschlauch am Hahn angebracht und ihn dann voll aufgedreht hast; die Stadt windet sich, und früher oder später gerätst du in die Spritzerei einer ihrer wilden Verbiegungen. Dein Onkel wohnt in einer der ruhigeren Schlaufen, auf einem Hügel oberhalb der Stadtmitte, die Straßen zu seinem Haus sind wohltuende Teppiche aus Lehm. Euer letztes Treffen ist fast genau ein halbes Leben her – du warst damals zwanzig –, und das Grau sucht deinen Bart fast mit der gleichen Selbstverständlichkeit auf wie seinen.

Du bist jetzt in einem Alter, in dem dein Onkel freimütig mit dir redet, allein du wünschst dir, dieser Moment wäre früher gekommen. Bei diesem Besuch verstehst du zum ersten Mal die älteren Mitglieder deiner Familie wirklich: Warum sie sich scheinbar immer so beirren ließen von ihrer Vergangenheit in einem Land, aus dem du jahrzehntelang zu fliehen versucht hattest. Vielleicht ist das die Ironie vieler Immigrant*innen in zweiter Generation: Deine Eltern sind diejenigen, die weggelaufen sind, aber du bist derjenige, der weiterhin wegläuft, lange nachdem sie zur Ruhe gekommen sind.

Eine ganze Weile lang konntest du nicht begreifen, warum dein Onkel so besessen war von Uganda, warum er es nicht einfach aufgeben konnte für den Wohlstand, den er im Westen erlangt hatte. Jetzt weißt du, dass es um Verantwortung ging – denn dein Onkel wusste, dass es für jeden Menschen wie ihn Tausende gab, die es nicht herausgeschafft hatten, denen die Armee nur drei Tage Zeit gegeben hatte, ihre Häuser nur mit dem zu verlassen, was sie tragen konnten, und die, wenn sie sich weigerten, auf der Stelle erschossen wurden. Dein Onkel wusste, dass es Hunderttausende weitere, zum höchsten Stand fast zwei Millionen waren, die man mit vorgehaltener Waffe aufs Land marschieren ließ, weit entfernt von jeglicher Nahrungsquelle, Wasser und sanitären Einrichtungen, und umringt von Gewehren sterben ließ. Fünfundzwanzig Jahre lang hat dein Onkel nur wenige Hundert Kilometer weiter südlich langsam und geduldig mit Dutzenden von Überlebenden zusammengearbeitet, einem Verbund von anderen, die davongekommen waren, um diesem Genozid in Zeitlupe ein Ende zu bereiten und aus seinen Folgen das Beste zu machen.

Darüber hat sich dein Onkel lange Sorgen gemacht: dass auf den Massenmord an deinem Volk rasch der Versuch folgen würde zu leugnen, dass es sie je gegeben hatte. Deswegen ist er schon seit Ewigkeiten mit einem Streitfall um Land beschäftigt, der sich nur schleichend einen Weg durch die Gerichte bahnt. Dies ist eines der entscheidenden Vorhaben seines Lebens, und bis jetzt hast du kaum mit ihm darüber gesprochen, aber nun, da du reif genug bist, besteht dazu keine Notwendigkeit mehr. Es ergibt sofort Sinn, denn du begreifst, dass auch du dein ganzes Leben lang deine eigene kleine Spielart seines Kampfes ausgefochten hast.

Der Besuch im Haus deines Onkels ist die erste richtige Etappe deiner Heimkehr, ein Abendbrot mit Maismehl, Spinat, Erdnussbutter und Hühnchen. Danach trittst du die Reise nach Norden an, die damit beginnt, dass du zwei Stunden brauchst, nur um das hektische Kampala zu verlassen. Bis auf den letzten Sitz sind die Matatus, diese Camper im Stil der Siebziger, die vor Ort als Taxis dienen, vollgepackt mit Passagieren.

Deine Fahrt in den Norden ist so beruhigend, wie einem Baby, das auf dem Rücken seiner Mutter festgebunden ist, beim Schlafen zuzusehen. Deine Fahrt zurück in den Süden wird weit weniger gemütlich sein, da du den größten Teil davon auf dem Rücksitz mit einem verängstigten Huhn verbringen wirst, das dein Fahrer für seine Mutter gekauft hat und das immer mal wieder entschlossen scheint, aus seinem Korb zu springen und auf seiner Flucht in die Freiheit jede*n in Sichtweite zu attackieren. Was, wenn du einschläfst und aufwachst, nur um festzustellen, dass es dir gerade die Augen auskratzt? Du wirst deshalb auf deiner Heimreise nicht einschlafen.

Während ihr euch nach Norden bewegt, wird aus der viel befahrenen Stadt eine zweispurige Schnellstraße, die kaum mehr als acht Meter breit ist. Ungefähr alle halbe Stunde überholt euch ein Fernbus so bunt wie ein Jahrmarktswagen; das ist der Expressbus, der mit einem schier unmöglichen Tempo durch die Nacht rast. Du würdest dich nicht trauen, in das Ding einzusteigen. Seine Fenster sind offenbar getönt, so als ob seine Passagiere vor den Gefahren ihrer Reise geschützt werden sollen, während ihr Gefährt auf der schmalen Straße nur Zentimeter am Verhängnis vorbeischrammt. Die Fahrer*innen müssen ihre Seelen verkauft haben, um mit solchen Geschwindigkeiten unterwegs zu sein.

Das ist allerdings bei Weitem nicht die riskanteste Form der Fortbewegung. Ein Lastwagen vor euch transportiert Heuballen, die hinten auf dem offenen Anhänger festgezurrt sind, der im Grunde aus nicht viel mehr besteht als zwei Stahlgeländern. Auf diesen Heuballen befinden sich drei Menschen; einer von ihnen klammert sich an jene Geländer, während die anderen beiden selig schlafend auf dem Heu ausgebreitet liegen. Es braucht nur eine kleine Kollision mit einem heranrasenden Fahrzeug und zumindest die letzteren beiden sind tot.

Während euer Fahrzeug aufwärts durch das Land rattert, siehst du eine Abfolge von einstöckigen Siedlungen beiderseits an dir vorüberziehen, Bungalows, zusammengedrängt wie Pferde, die vorpreschen, um aus einem Fluss zu trinken. Jenseits von ihnen erstreckt sich weit über das Mondlicht hinaus der unergründliche Wald. Es ist schon komisch: Wenn du im Westen bist, bist du ein Stadtbewohner, aber wenn du im Norden von Uganda bist, fühlst du dich eher dem Ländlichen verbunden. In dem Moment, da ihr das Umland von Kampala hinter euch ließt, warst du erleichtert. Dein Fahrer lässt dich wissen, dass ihr euch Karuma nähert, der Brücke, die über den Nil führt, und du kurbelst dein Fenster gerade rechtzeitig herunter, sodass du ihn riechen kannst, und die salzige Schärfe durchstreift deine Nasenflügel. Du siehst hinunter auf den Fluss, ein silbernes Band, das sich durch die Dunkelheit schlängelt, und du kommst zu dem Schluss, dass der Nil nachts am schönsten aussieht.

Kurz nach Mitternacht erreicht ihr die Heimatstadt deiner Mutter. Du schläfst, als ihr ankommt, und ein sanftes Klopfen am Fenster weckt dich. Du steigst aus dem Fahrzeug, und da stehen alle anderen vor dir in einer kleinen Lichtung neben einer erhabenen Parade von Bäumen. Eine Frau tritt vor, ihr Händedruck so leicht wie eine Rose. Willkommen daheim, sagt sie. Es ist so lange her. Du erfährst später, dass sie Mitte fünfzig ist, was dir unmöglich erschienen wäre, hättest du nicht ihre erwachsenen Kinder kennengelernt.

Wenn dich die Menschen hier begrüßen, drückt dir niemand so fest die Hand, wie es in Berlin üblich ist, und es dauert ein paar Tage, bis du dich daran gewöhnt hast. Du weißt nicht, warum du erwartet hattest, dass der ugandische Handschlag aggressiver sein würde – vielleicht weil das Leben hier oben brutaler gewesen ist als an den meisten anderen Orten. Aber du wirst schnell daran erinnert werden, dass die Menschen im Norden zäh sind, nicht machohaft.

Deine Mutter wohnt hier am Rand der Stadt, in der gleichen einfachen Unterkunft, in der sie in den letzten Jahren zu Gast gewesen ist. Sie ist hier in einem kleinen Ziegelbau untergebracht, der nicht viel größer ist als ihr Schlafzimmer in England und dessen Wellblechdach just letzte Woche ein Sturm weggeblasen hat. Sie wohnt hier gemeinsam mit einer Frau und deren Familie, einer von Dutzenden, deren Bildungs- und Lebenskosten sie in den letzten zwei Jahrzehnten unterstützt hat. Du weißt jetzt, warum deine Mutter und ihre Geschwister immer so zerstreut, so erschöpft wirkten – weil sie Uganda nie wirklich verlassen haben und stets ausgelaugt waren von den Gedanken an jene, die sie zurückgelassen hatten.

Du bist im Stadtzentrum untergebracht, in einem Hotel, das zu den besseren der Stadt gehört; deine Mutter versucht ganz offensichtlich, dich behutsam wieder an das Leben hier heranzuführen. Dein Hotel grenzt hinten an eine evangelische Kirche, in der, obwohl es jetzt ungefähr zwei Uhr nachts ist, gerade ein Gottesdienst in vollem Gang ist, da sich der Pastor weigert, die Feinde Gottes ruhen zu lassen. Dein Bett kann nicht mehr als zwanzig Meter von seiner

Kanzel entfernt sein, weswegen du ihn und seine euphorische Gemeinde durch die Wand hören kannst, in donnernden und aufeinander folgenden Wellen von Lob und Amen. Trotz des Lärms schläfst du jedoch binnen fünf Minuten ein.

***

Am nächsten Tag ruhst du dich aus und erledigst dann einige kleine Besorgungen in der Stadt. Als du am Abend wiederkommst, prasselt Regen nieder, und du bist dankbar für die abendliche Kühle. Aufgrund der drückenden Hitze tagsüber hast du langsam vor dich hin geschwitzt, mehr oder weniger, seitdem du morgens aufgewacht bist. Du gleitest rasch ins Bett und in den Schlaf.

Ein paar Stunden später wachst du auf. Du kannst nichts sehen, da es keine Straßenlaternen gibt, die deinen engen Hof überragen, aber du kannst etwas hören: das hohe, aufgeregte Summen von zwei Moskitos. Du kannst nicht sagen, wie nahe sie sind. Im Stillen wirst du unruhig. Da ist ein Moskitonetz über deinem Bett, das so niedrig hängt wie das Dach eines Festivalzelts, aber du bist nicht sicher, ob es die Eindringlinge abwehren kann. Denn kurz bevor du dich an diesem Abend hingelegt hast, hast du ein Loch in dem Netz bemerkt – nicht groß, aber groß genug, damit eine unternehmungslustige und blutrünstige Kreatur der Nacht durchschlüpfen kann.

Das Summen geht weiter, und die nächsten paar Minuten vergehen in einer Form des ugandischen Roulettes. Bleibst du im Bett, so reglos wie möglich, und hoffst, dass die Moskitos das Loch nicht finden? Oder gehst du zum Angriff über, reißt das Netz beiseite und damit deine Angst, beleuchtest deinen rechtschaffenen Pfad mit deinem Smartphone, sammelst ein Handtuch auf und schlägst diese geflügelten Teufel zu Boden? Du kalkulierst es durch. Wenn du deinen Schutzschild abwirfst und sie jagst, dann gibst du ihnen deinen ganzen Körper auf einmal preis und verschaffst ihnen damit eine riesige Oberfläche, an der sie sich gütlich tun können. Ein Einstich von ihnen genügt, und du musst den Tag verloren geben. Wenn du defensiv vorgehst, dann musst du Stunden voll stiller Furcht durchwarten bis zum Morgen, wissend, dass diese Biester jeden Augenblick jenen Durchlass zu den Schätzen deines Fleisches entdecken könnten.

Du rührst dich mehrere Minuten lang nicht. Das Summen nähert sich. Schließlich hältst du es nicht länger aus. Du musst wagemutig sein. Du rollst unter dem Netz weg auf den kalten Boden – eine kurze Weile lang fliegst du ohne Sicht, ein Raumfahrer im Vakuum ohne Helm – und dann hast du dein Telefon in der Hand, dein Weg ist beleuchtet, die Jagd beginnt.

Dein Auftauchen ist von solcher Heftigkeit, dass du eine Zeit lang nicht bemerkst, dass das Summen aufgehört hat. Vielleicht halten sich die Moskitos versteckt. Da jedoch die Stille behutsam andauert, schlussfolgerst du, dass sie wieder in den wüsten Schoß der Nacht zurückgesunken sind, aus dem sie kamen. Dies ist dein Sieg – denn ganz sicher bist du es, der sie zum Rückzug gezwungen hat. Erschöpft von seiner heldenhaften Kraftanstrengung kehrt der Löwe in die Höhle unter seinem Netz zurück, und da schläft er.

***

Dein Großonkel, der einmal in der Nacht, bevor er erschossen werden sollte, dem Erschießungskommando entkam, erzählt dir eine Geschichte. Jedes Mal, wenn er spricht, runzelst du die Stirn, und er hält dann inne, vielleicht weil er in Sorge ist, dass er dich verärgert. Er irrt sich: Vielmehr konzentrierst du dich, damit du alles, was er sagt, mit jedem verfügbaren Teil deines Körpers aufnehmen kannst.

Die Geschichte ereignete sich vor fünfzehn Jahren. Dein Onkel, sein Neffe, war auf dem Weg zurück nach Uganda, um einige Mitglieder seiner Familie zu besuchen. Am Flughafen begegnete dein Onkel zufällig einem alten Schulfreund, der inzwischen einen gewissen Status beim Militär erlangt hatte. Wo willst du hin, fragte der Soldat. Hinauf in den Norden, sagte mein Onkel, der wie immer leutselig, im Stillen jedoch argwöhnisch war. Ich auch, sagte der Soldat, nehmen wir doch meinen Helikopter. Also flogen sie dort hinauf, zu einem der grandiosen Nationalparks des Landes. Unterwegs flogen sie über Tausende Hütten aus Stroh und Lehm hinweg, die von verzweifelten und hungernden Menschen errichtet worden waren. Schau, da unten, sagte der Soldat zu meinem Onkel und zeigte voller Stolz auf die Konzentrationslager unter ihnen. Diese Leute wissen nicht, wie man das Land richtig bestellt, sie vergeuden es. Also warten wir, bis wir sie ausgerottet haben, und dann werden wir es alles an uns nehmen. Mein Onkel hörte zu, und dann landeten sie, und ihre Wege trennten sich. Ein paar Tage später rief mein Onkel den Soldaten an. Der Ort, über den du mit dem Helikopter hinweggeflogen bist, sagte er, das ist das Land, das meinem Volk gehörte, und die Menschen, von denen du gesagt hast, du wolltest sie ausrotten, sie gehören zu meinem Volk.

Das war nur ein Scherz, sagte der Soldat, ich habe nur einen Scherz gemacht.

Das war ein sehr ernster Scherz, sagte mein Onkel. Sei's drum, keine Sorge. Lass uns bald einen trinken gehen. Ja, wann reist du ab, fragte der Soldat. In drei Tagen, sagte mein Onkel, der sehr wohl wusste, dass er in derselben Nacht ausfliegen würde, und der danach auflegte und das Land unverzüglich verließ.

Aus diesem Grund hörst du jedes Mal zu, wenn dein Großonkel redet; denn nach ungefähr zehn Minuten fängt er immer an, Geschichten wie diese zu erzählen.

***

Du hattest deinen Großonkel seit mehr als einem Jahrzehnt nicht gesehen, und deshalb war er sehr gespannt darauf, dich zu sehen; deshalb hat er dich am Tag nach deiner Ankunft zu sich eingeladen. In den Siebzigern, bevor der

Konflikt nach Uganda kam, war er ein berühmter Rundfunkproduzent gewesen. Während des Krieges floh er nach Schweden; und nun, da viele seiner Gegner*innen nicht mehr da sind, nachdem sie reich, frei und ohne Reue gestorben sind, ist er zurückgekehrt.

Seit vier Monaten wohnt er hier in einer Residenz, die aus zwei Bungalows besteht; der eine hat ein Wohnzimmer und ein Badezimmer, der andere ein Esszimmer, Badezimmer und Schlafzimmer. Zwischen den Bungalows ist ein großer Garten, wo du ihn im Schatten von Mangobäumen sitzend antriffst. Zwei Hunde und ein Konvoi von Hühnern wandern durch ein Loch im Zaun und auf das Grundstück deines Großonkels; du bist überrascht zu sehen, dass die Hunde und Hühner so gut miteinander auskommen, und du vermutest, dass sie sich möglicherweise gegen ihren gemeinsamen Feind, den Fuchs, verbündet haben, der nirgendwo zu sehen ist.

Dein Großonkel, mittlerweile Mitte achtzig, ist fleißig gewesen. Derzeit arbeitet er daran, was er *Public Relations* nennt – sich wieder an das Leben im Norden zu gewöhnen und generell ein offenes Ohr für die Gemeinde zu haben. Dabei findet er stets ein Publikum; sobald er sich bei einer öffentlichen Veranstaltung niedersetzt, bildet sich ein Kreis aus Stühlen um ihn. An jenem Nachmittag erzählt er dir eine Auswahl von Geschichten aus den Kriegsjahren, von denen jede für dich neu ist, und dann – als ein tropischer Sturm aus dem Nirgendwo heranrollt – bleibst du für ein zeitiges Abendessen. Nach eurer Mahlzeit spazierst du durch den Garten, um deinen Magen zu beruhigen, und gleich hinter dem Haus deines Großonkels, nicht mehr als zwanzig Meter von der Stelle, an der er jede Nacht seinen Kopf zum Schlafen hinlegt, stößt du auf das Grab seiner über alles geliebten Schwester, gleich neben dem ihrer jüngsten Tochter und ihrer Enkeltochter. Mein Gott, denkst du, wie sehr sie ihm immer noch fehlen, wie sehr sie dir fehlen; und dann denkst du darüber nach, dass sich hier oben im Norden buchstäblich hinter jeder Ecke ein Stück deiner Vergangenheit verbirgt.

***

Geld. So viele Menschen hier bitten dich darum, und vielleicht sollte das keine Überraschung sein. Sie wissen, was das Smartphone in deiner Hand kostet, sie sehen, wie du für eine ganze Tankfüllung bezahlst, als würde es dir nichts ausmachen. Alles dreht sich scheinbar ums Geld. Wie könnte es auch anders sein? Aus ihrer Sicht bist du in der Lage, auf so viele spezifische Bedürfnisse einzugehen. Ein Laptop für die Arbeit, etwas Unterstützung bei der Gründung eines Unternehmens. Die Anfragen kommen häufig und sind vielfältig. Einige langen als beiläufige Bitten zu Beginn eines kurzen Gesprächs an, andere treffen in Briefumschlägen verstaut nach einem Gottesdienst ein, und wieder andere stehen am Ende einer packenden Geschichte, ein Traum versehen mit einem Preisschild. In jedem Fall sagst du ihnen das Gleiche. Du würdest gerne helfen, sagst du, aber du musst sehr vorsichtig sein mit dem, was du gibst, denn gemessen an den Verhältnissen, die da herrschen, wo du lebst, hast du nicht sehr viel Geld und musst also gezielt vorgehen, sonst könnte dir das Geld ausgehen.

Du bist erst seit zwei Tagen hier, aber du hast bereits jetzt das Gefühl, dass mit deinem Realitätsempfinden etwas Seltsames passiert. In Berlin warst du vor Kurzem so pleite, dass du Angst davor hattest, deinen Kontostand zu prüfen, doch hier bist du wohlhabend genug, für jemand anderen einen ganzen Monat zum Besseren zu wenden. Du wirst ständig gefragt, welche Investitionen du in der Gemeinde tätigen willst, welche Projekte du starten und weiterentwickeln willst. Diese Person sagt, dass du jetzt ihr Bruder seist, jene Person nennt dich ihren Vater, beide wollen, dass du finanziell für sie aufkommst. Ich bin nicht dein Bruder, sagst du zu einer von ihnen, ich habe bereits einen, und ich bin nicht dein Vater, sagst du zu einer anderen, du bist älter als ich. Lauf nicht vor mir weg, verlass mich nicht, sagen sie zu dir.

Du bedauerst wieder einmal, nicht Millionen von Pfund verdient zu haben, als du die Chance dazu hattest. Hättest du eine Karriere als Finanzdienstleister eingeschlagen, hättest du jetzt wahrhaft wohlhabend sein können – du hättest hierher zurückkommen und wirklich etwas bewirken können, statt dich, wie du es jetzt tust, ein wenig wie ein Betrüger zu fühlen. Oder vielleicht machst du dir selbst etwas vor – vielleicht warst du nie diszipliniert genug, zwanzig Jahre lang in einem kilometerhohen Bürogebäude vor einem Computer zu sitzen, dir in der Vorstandsetage auf die Zunge zu beißen. Du warst dazu immer zu laut, zu chaotisch. Sieh dir die Dinge an, die du beruflich machst – Lyrik, Journalismus, Musik. Es ist fast lachhaft, wie allergisch du darauf reagierst, Geld zu verdienen. Nein, es gibt keine alternative Wirklichkeit, in der du irgendein Unternehmergigant bist. Du bist der, der du immer schon sein wolltest.

***

Religion ist hier das A und O. Du denkst zurück an die Zeiten im weißen Westeuropa, als du Leuten zugehört hast, die sich über evangelisch-anglikanische Gottesdienste lustig machten, die die laut rufenden Pastoren verspotteten, und wie du mit ihnen gelacht hast. Aber natürlich muss das Lob Gottes energischer sein, natürlich ist Gott hier lauter. Es steht so viel mehr auf dem Spiel. Natürlich ist die Kirche im weißen Westeuropa ruhiger. In Deutschland gibt es einen Gott der allgemeinen Gesundheitsversorgung, in der Schweiz einen Gott beiläufigen Wohlstands. In jenen Kirchen hat Gott die Dinge schon lange zum Guten gewendet, aber hier in Norduganda braucht er schon lange jede Hilfe, die er kriegen kann. Anders als in jenen Gotteshäusern, die du anderswo gesehen hast, wo die Prediger öde und sorgfältig vorbereitete Skripte nachsprechen, arbeiten diese Pastoren wie Kampfrapper, freestylen ihre Predigten über dem aufbrandenden Chor ihrer Gemeinde – wir wehren jedem teuflischen Plan, Lord Jesus, wir schwingen das Banner deines Glaubens, Lord Jesus, kein unrechtmäßiger Herrscher kann gegen dich bestehen, Lord Jesus –, die unaufhaltsame Kraft ihrer Worte trägt sie durch Krieg um Krieg. Im weißen Westeuropa hat man den Luxus, das

Christentum lediglich als eine Religion unter vielen zu sehen, lediglich als einen weiteren Weg zur Erleuchtung, hier aber ist sie *die* Energie, die das Überleben speist.

Am nächsten Morgen macht ihr euch in aller Frühe zum Dorf deines Vaters auf: Aufgestanden wird um fünf Uhr, und um sechs seid ihr auf der Straße Richtung Norden. Es sind nur etwas mehr als hundert Kilometer Fahrt, aber ihr braucht zwei Stunden dafür, in denen euer Drei-Landrover-Konvoi über zahllose Bodenschwellen dahindonnert. Du wusstest von ihr, bevor du hergekommen bist, du hast sie gesehen, als du das letzte Mal hier warst, aber dennoch: die Armut. Auf eurem Weg siehst du Tausende von Menschen, die genauso aussehen wie du, vor Gebäuden stehen, in die seit Jahrzehnten nicht mehr investiert worden ist. Rostige Schilder verkünden, dass sich Grundschulen noch im Bau befinden. Das letzte Stück Straße zum Dorf ist kaum mehr als ein Feldweg, eine Matte aus dickem rotem Staub, die von jedem darüberfahrenden Reifen neu gestaltet wird.

Sechshundert NGOs gab es hier, sagst du zu deinem Bruder. Was haben sie gemacht, während sie hier waren? Wo ist die Infrastruktur? Dann beruhigst du dich. Vielleicht sind diese NGOs der Grund dafür, dass viele dieser Menschen auf den Straßen noch am Leben sind. Dann richtest du deine Wut neu aus. Du erinnerst dich daran, dass dysfunktionale Regierungen genau so vorgehen – sie bleiben so lange untätig, dass du nicht nur nichts mehr von ihnen erwartest, du vergisst, dass es sie je gegeben hat. Du stehst hier und ärgerst dich über Wohltätigkeitsorganisationen, während es Hunderte von millionenschweren Minister*innen gibt, die seit Jahren keinen Gedanken an diese Region verschwendet haben.

Als ihr im Dorf deines Vaters ankommt, ist dein Fahrer zunächst unsicher, wo es langgeht – obwohl er aus der Region stammt, ist dies sogar für ihn sehr weit nördlich –, also hält er an, um Passant*innen nach dem Weg zu fragen. Nun, lachen sie, wenn ihr noch zwanzig Minuten lang weiterfahrt, dann landet ihr in einem anderen Land. Da lachst auch du. Man scherzte früher, dein Vater sei so nah an der Grenze geboren worden, dass er quasi Sudanese sei, und hier hast du den Beweis.

Der Fahrer wendet, und ihr erreicht den zentralen Platz mit einem Festzelt und einer langen Bühne über zwei Seiten, vor der eine große und erwartungsvolle Menge steht, vielleicht siebenhundert Menschen. Zuerst wird der Ortsbischof einen zweistündigen Gottesdienst abhalten, dann werden eine weitere Stunde lang Reden gehalten – deine eingeschlossen –, darüber, was deine Heimkehr für das Dorf bedeutet. Du sitzt neben deiner Mutter, deinem Großonkel und Bruder im Festzelt, in der ersten von etwa acht Reihen. Als ob sie in dir, mit deiner schwarzen Jacke und den grauen Hosen, ein leichtes Opfer sieht, richtet die Sonne ihr Augenmerk schnell auf dich.

Du hast deine Muttersprache nie besonders gut gesprochen, und daher bekommst du nur ungefähr zehn Prozent von dem Gesagten mit, während deine Augen den Rest übersetzen müssen. Da ist die Dankbarkeit für die große

Spende deiner Mutter an die örtliche Kirche, als der Zeremonienmeister das Bargeld aus dem Umschlag pflückt und es in die Höhe hält. Da ist das Angebot zur Kommunion und die Gewährung vieler Segnungen, die Wärme traditioneller Hymnen. Da ist das Nicken in deine Richtung vom Anführer deines Klans, als er sich erhebt, um zu sprechen, wobei seine Ansprache im Wesentlichen aussagt, das hast du gut gemacht, dass du hergekommen bist, viele wären dem ausgewichen. Jetzt bist du an der Reihe, dich an das Publikum zu wenden, also nimmst du das kabellose Mikrofon und gehst zur Mitte des Platzes, ein Übersetzer steht in der Nähe. Folgendes sagst du zu ihnen:

Hier sind wir also endlich: mein Bruder und ich als Vertreter unserer Familie, um Sie zu besuchen und unseren Vater zu besuchen. Ich bin Schriftsteller, also ist es mein Job, die richtigen Worte zu finden. Aber gerade jetzt kann ich mir keinen schwierigeren Job vorstellen.

Als ich meinen Vater zum letzten Mal sah, habe ich ihn begraben. Das ist meine erste Erinnerung an ihn, und darum habe ich mich eine sehr lange Zeit vor dem heutigen Tag gefürchtet. Nun aber empfinde ich fast so etwas wie Freude. Als ich ihn begrub, war ich zu jung, um Auf Wiedersehen zu sagen, aber jetzt ist das einzige Wort, das ich sagen will: Hallo.

Daher: Hallo Vater. Es sind sechsunddreißig Jahre vergangen. Ich bin fast vierzig, also so alt, wie du warst, als du gestorben bist. Ich bin mit meinem Bruder hier und vertrete mit ihm unsere Geschwister, und wir hoffen, dass wir dich mit Stolz erfüllt haben. Das Leben ist nicht immer einfach gewesen, aber wir gehen weiter voran, wir versuchen weiter, gute Menschen zu sein.

Manche werden fragen, warum ich nicht früher hergekommen bin. Die Wahrheit ist, dass ich Angst hatte. Du hast so viel geleistet, bevor du gestorben bist, und dann bist du zu früh gestorben. Und deshalb habe ich fast zeit meines Lebens vor einer Sache Angst gehabt: Dass ich in der Zeit, die mir vergönnt ist, nicht genug erreichen würde.

*Aber jetzt begreife ich, dass das die falsche Art zu denken war. Im Leben geht es nicht darum, so hoch zu klettern, wie du kannst – im Leben geht es um Kreise. Es geht darum, zu den Orten zurückzukehren, wohin Teile von dir gehören, und ein Teil von mir wird immer hierhergehören. Um heute hier zu sein, habe ich einen Kreis so groß wie die Welt bereist. Ich bin durch die Liebe gereist, durch Städte, durch Länder. Und durch all dies habe ich deinen Namen getragen, so nah bei mir wie meinen Reisepass. Ich habe deinen Namen in jeden Hörsaal, in jedes Nachrichten-Interview, auf jede Bühne getragen, sodass jede*r, die*der ihn sieht, wissen kann – schau, das ist Norduganda.*

Und jetzt schließt sich für uns der Kreis. Mein Bruder und ich haben deinen Namen zurück in dein Dorf getragen. Zuerst hatte ich Sorge, dass wir nicht genug Arbeit geleistet hätten, um deiner würdig zu sein. Aber dann begriff ich, dass dies das Gute an Arbeit ist, vielleicht das Beste: dass die Arbeit niemals beendet ist. Deine Arbeit war nicht beendet, noch wird es unsere sein. Aber wir versprechen dir, Vater, dass wir sie leisten und dass wir sie immer leisten werden.

Es gibt höflichen Beifall, und du kehrst zu deinem Platz zurück. Ein Lastwagen fährt vor, und eine Gruppe von Catering-Mitarbeiter*innen lädt mehrere Tische aus, auf denen sie die Tabletts mit der Nachmittagsmahlzeit abstellen. Die Kinder, die trotz stundenlangen Zuhörens durchweg still gewesen sind, zappeln aufgeregt. Denn das ist schließlich der Höhepunkt des Tages, der wahre Moment dörflicher Gemeinsamkeit: die Freude, wenn das Essen aufgetragen wird.

Nach dem Essen trittst du den kurzen Spaziergang vom Dorfzentrum aus in Richtung der Grabstätte an. Dutzende von Einwohner*innen stehen bereits dort, umringen sie, erwarten deine Ankunft. Als du dich näherst, teilt sich die Menge, und da ist es, zehn Meter entfernt: das Grab deines Vaters. Augenblicklich bleibst du stehen. Deine Hände eilen hinauf zu deiner Nasenwurzel, aber deine Tränen kommen ihnen zuvor. Eine Hand legt sich auf deine Schulter, und du stehst da und weinst. Als du die Augen öffnest, setzt der Gesang ein. Du weißt nicht, wer damit begonnen hat, aber innerhalb von Sekunden scheinen alle einzustimmen; es ist ein leiser, schwermütiger, doch mitreißender Klang, irgendwo zwischen Klagelied und Wiegenlied.

Sie behalten dieselbe Lautstärke bei, als du dich dem Grab näherst, als ob sie wüssten, dass deine Trauer bereits so öffentlich ist, dass zusätzliche Lautheit auf grausame Weise störend wäre. Das Grab ist eine lange und breite rechteckige Platte aus weißem Stein, nur wenig kürzer und schmaler als der Sarg, an den du dich erinnerst, in deinem Wohnzimmer vor sechsunddreißig Jahren. Am Kopfende der Begräbnisstätte befindet sich ein etwa ein Meter langer, im Fünfundvierzig-Grad-Winkel aufgerichteter Grabstein. Darauf steht der Name deines Vaters und das Todesdatum, nur achtzehn Tage vor seinem einundvierzigsten Geburtstag; er führt vollständig seine beruflichen Qualifikationen und den Rang in der Armee auf, Oberstleutnant medizinischer Direktor Leiter des Militärkrankenhauses Herr Doktor FRCSEd Facharzt für Chirurgie und dann den Satz, der dich von allem und bei Weitem am stolzesten macht, wenn nicht sein Motto, dann der Kodex, nach dem er lebte, liebte und starb:

WENN WIR NICHT ANFANGEN, UGANDA ZU BEFREIEN, WER WIRD ES DANN TUN

Da steht kein Fragezeichen, und deshalb fühlt es sich irgendwie umso eindringlicher an. Eine gescheiterte Revolution ist keine Schande. Der Spielraum für Fehler ist so klein, die Belohnung im Erfolgsfall so nachhaltig, dass der Mut darin besteht, den Versuch zu unternehmen.

Du gehst um sein Grab herum, kniest zuerst nieder und legst eine Handfläche auf die Gräber der Familienmitglieder, die neben ihm begraben sind – seine Mutter, seine Großmutter, seine Schwester. Endlich, da die Menge sich beruhigt und lichtet, wissend, dass du diese letzte Etappe allein bewältigen musst, bist du daheim.

Vielleicht wird Daheim für dich immer ein Moment sein. Für manche ist Daheim ein Gebäude, ein konkreter Ort, aber für dich ist es ein Gefühl, der Händedruck alter Freund*innen oder die Umarmung neuer, der erste Bissen einer mit Liebe zubereiteten Mahlzeit. Jetzt gerade ist hier Daheim, und zwar mehr denn je; Daheim ist dieser Moment, in dem du niederkniest, um den Grabstein deines Vaters zu umklammern, und bebst, während du schluchzt, und deine Jacke sich unter dem Gewicht des Regens zusammenzieht. Du presst deine Schulter an seine, und es kümmert dich nicht, wer dich so wund sieht; du weißt nicht, wie lange du dort verweilst, vielleicht nur ein paar Sekunden lang, aber du willst ihn nicht verlassen. Aber natürlich kannst du ihn nicht verlassen – das ist nicht möglich. Nicht angesichts all dessen, was von ihm bereits in dir ist.

Du kletterst auf den Beifahrersitz deines Landrovers und siehst zurück auf deinen Vater. Er wirkt nicht einsam dort, denkst du. Schau ihn an. Er ist von drei Generationen seiner Familie umgeben und unter dem größten Baum auf der Lichtung begraben. Er hat eine majestätische Ruhe gefunden.

Du schießt zwei Fotos, denn du willst diesen Moment bei dir behalten. Das Foto hat diese wunderbare Eigenschaft, dass es jedes Mal, wenn du den Daumen an dein Smartphone hältst, wieder für ein paar Sekunden zum Leben erwacht – und so bist du, in diesen Augenblicken, wahrhaft in der Zeit zurück, als du diese Aufnahme gemacht hast. In diesem Sinne wirst du nie wieder von ihm wegfahren müssen.

Als der Motor anspringt, bist du überrascht, wie schnell die Traurigkeit vergeht. Da ist keine Melancholie, nur eine Leichtigkeit. Das Ende der Reise, denkst du, dies ist das Ende der Reise. Du läufst nicht länger weg.

Ein paar Tage später bereitest du dich darauf vor, den Norden Ugandas zu verlassen. Nach einem Abendessen verabschiedest du dich von deinem Bruder, der in einem Hotel in der Stadt übernachtet, und dann umarmst du zuerst die Familie vor Ort, die dich während deiner Zeit hier so sehr unterstützt hat, und schließlich deine Mutter. Ich liebe dich, sagt sie, und zum ersten Mal in deinem Leben erinnerst du dich daran, dass du ihr laut, nicht durch eine Weihnachtskarte oder Buchwidmung oder Textnachricht sagst, dass du sie auch liebst.

Und endlich bist du frei. Es ging immer nur um Liebe. Du läufst nicht länger weg; stell dir vor, was du mit all der Energie anstellen kannst, die du einst dafür verwendet hast zu fliehen. Du bist dir plötzlich eines seltsamen und neuen Gefühls der Zufriedenheit bewusst, als ob dein Geist die letzten paar Tage gebraucht hat, um eine riesige Mahlzeit zu verdauen, und jetzt ist deine Seele voll. Deine Seele ist voll. Dein Wagen umrundet den Hof, verlässt das Feld und blinkt nach rechts, und dann beginnt die langsame Fahrt hinab in Richtung Kampala.

Musa Okwonga, geboren 1979 in London, ist ein britisch-ugandischer Schriftsteller, Journalist und Musiker. Okwanga verfasste zahlreiche Essays und Artikel über Kultur, Rassismus, Gender, Musik, Sport, Politik und Technik. Seine Texte erschienen unter anderem in *The Economist, The Guardian, The Independent, The New Statesman* und *The New York Times*, aber auch in der *Zeit* und der *taz*. Über Fußball hat er zwei Bücher veröffentlicht, außerdem einen Lyrikband. Seit 2014 lebt er in Berlin-Friedrichshain.